길 따라 가세요

| 장봉호 에세이집 |

한누리미디어

국립중앙도서관 출판시도서목록(CIP)

길 따라 가세요 : 장봉호 에세이집 / 장봉호, -- 서울 : 한누리미디어,
2009
p. ;   cm

ISBN 978-89-7969-360-7 03810 : ₩10000

한국 현대 수필 [韓國現代隨筆]

814.6-KDC4
895.745-DDC21   CIP2009004193

책머리에

    칠십에 능참봉이라, 가만히 돌이켜 보면 나의 문학이력에 한 치의 오차 없이 들어맞는 말이다. 여드레 스무사흘 조금이 오듯 그 한가운데 보름달이 뜨고 남녘 바닷가 한시를 알리는 만조의 물결이 밀려오면 무작정 물길 따라 걷는 소년이 있었다.

    아무것도 가슴에 담은 것 없이 무언가 허전함을 달래느라고 그렇게 걷던 소년이 학생 백일장에서 시조부문 장원을 한 사실 하나로 문단에 접목한 것처럼 국문학과에 입학하여 문학을 공부한답시고 애잔한 세월을 보내다가 군대를 마치고 다시 교정에 서 보니 암담한 60년대 시대상에 밀려 밥그릇을 찾아 전과라는 변덕의 정의를 마음으로 다독이며 취업을 위해 경영학을 전공하여 문학과는 담을 쌓고 삶에 충실히 매여 있었다.

    자연 문학의 길에 돈정(敦定)하지 못하고 있던 차에 최영종 사백이 나의 이력을 우연히 알고 소년시절의 장원 작품인 '이낙포'를 소재로 한 글을 써서『한국불교문인선』에 발표한 것이 계기가 되어 불교문단에서 꾸준히 작품을 발표하게 된 것으로 문학에 대한 소양이 미진하고 아무것도 내세울 것 없는 것이 솔직한 나의 문학 도정이었다.

    그러나 문학의 진정한 힘은 "진리에 대한 깊은 공감"(deep sympathy with truth)이라는 문학 원론적 가르침이 뇌리에서 떠나지 않아 일상 속에 숨어 있는 파괴와 일탈을 깨닫게 하는 문학의 지혜에 함몰되어 밤을 지새운 어중잡이로서 나도 모르게 문학의 길에 끼어든 형국이다.

그래도 내 딴에는 지적인 감동을 주는 삶의 진실을 발견하는 활동으로 수필을 쓰며 부끄러움을 감내하고 있다. 수필 장르를 처음 만든 프랑스의 「미셸 몽테뉴」의 글을 전범으로 삼으려고 노력하지만 한편으로 오랜 세월을 두고 권위로 행사해 온 장르 개념에 구애받지 않고 자유로이 글을 쓰고 싶었다. 문학은 언어를 수단으로 쓰는 이상 이원성이 불가피하다고 여겨온 터이다.

형식과 내용의 구별을 타파하자고 이상을 갖고 보니 순수성을 찾는 현대 문학의 장르 개념에 혼란이 생겨 표현매체가 전통적이라는 이유에서 장르가 혼동될 수 없다고 생각하는 바라 이를 극복하고자 하는 것이 나의 한결같은 문학관이다.

설익은 나의 생각들을 다듬어 주시며 한결같이 격려와 지도를 아끼지 않으신 한국불교문인협회 철우 김두희 회장님의 고마움을 가슴에 새긴다.

또한 분에 넘치는 좋은 글로써 격려하신 호남문학의 거봉 진도의 조영남 사백과 김재엽 한누리미디어 사장 내외분께도 고마운 마음 전하며, 부모님이 타계하신 후 우리 형제들을 어른으로 이끌어주시며 희생으로 미진한 나의 문학의 길을 질타로 채찍질하신 주호 형님께 말없이 이 책을 올린다.

2009년이 저물어가는 무렵 **장봉호**

차례 _ 장봉호 에세이집

길따라 가세요

제2부 _ 방우단 이야기

차례 _ 장봉호 에세이집

제3부 _ 뉘와 손뼉 칠꼬

제4부 _ 청량사 삼절

제 1 부

꿈 속의 방생

꿈 속의 방생

아름다운 꿈은 인생을 살찌게 하며 행운을 가져다 준다지요.

꿈을 잃은 인생은 얼마나 처절하며 외로운 길을 걸어가야 하는지?

꿈이 있어 삶의 의미는 하늘처럼 높고 꿈으로 생각의 나래를 펴면 오색 무지개 찬란히 뻗어나 살아가는 의미에 더할 수 없는 기쁨을 가져다주어 가슴을 열고 하늘을 담아보는 기쁨은 꿈을 가슴에 담아본 자만이 느낄 수 있는 희열일 것입니다.

동서고금의 선각자들은 꿈을 크게 가지라고, 꿈을 크게 가진 자만이 인류의 미래를 열어가는 위대한 원동력이 된다고 설파하였지요. 그러나 난 그러한 위인들의 교훈적이고 사전적 꿈이 아닌 소시민으로서 깊은 잠결에서 꾼 실체적이고 몽환적인 꿈으로써 결코 잊혀지지 않는 아름답게 각인된 꿈을 지니고 있습니다.

그것도 내가 모태적부터 젖어온 불교신앙의 방생의 꿈이었습니다.

불교 금광명경(金光明經)에 전해 오는 방생의 참뜻과 공덕은 말씀 드리지 않더라도 불교신자는 누구나가 공감하며 그 원력을 믿는 자이나 요즈음처럼 기복신앙이 드세어 본질을 훼손한 방생이 종교적 행사로서 긍정적인가 하는 의문이 드는 것도 사실이다.

여태껏 살아오면서 한 번도 방생의 종교적 행사에는 참여하지 않았으나 어릴적 내 품에 우연히 들어온 매 새끼 한 마리를 여름동안 먹이를 구해다 키워 본 일이 있다.

겨울이 다가오자 먹이를 구할 수 없어 어쩔 수 없이 놓아준 것이 방생이라고나 할지?

며칠간을 날아가지 않고 집 주위를 맴돌다가 결국은 어디론가 날아간 일이 있어 짐승도 자기를 위해 준 사람에게서는 쉽게 떠나지 못하는구나 하고 느꼈었는데 실제 방생 행사에는 회의심도 들고 하여 한 번도 참여해 보지 못하고 오늘까지 이르렀다.

그러다가 십년 전 너무도 선명한 방생의 꿈을 꾸었다.

갑자기 직장생활을 접고 정신적으로 방황하고 있을 즈음이었는데, 조금도 흠집 없는 아름다운 소나무 한 그루를 보게 되어 착시마저 들 정도로 청정한 소나무에 생각의 깊이를 담고 살고 있던 중 어느 날 밤 소나무가 서 있는 아름다운 배경과 영상을 안고 잠이 들었다.

아름다운 바다와 강이 조망(眺望)되는 곳이었는데 내가 그곳 맑은 물이 흐르는 강변에 서 있지 않은가?

꿈을 꾸고 있었다.

멀리 바라보면 끝없는 바다가 펼쳐져 있고 바다로 흘러 들어가는 강물은 강폭이 넓어 풍부한 수량이 도도히 흐르고 있는 오른쪽에는 바위동산이 길게 늘어져 있어 수많은 사람들이 모여 놀고 있었다.

이때 갑자기 일시에 바닷물이 빠지며 내가 서 있던 바로 앞 바위동산에 커다란 웅덩이가 나타나는 것이 아닌가.

그 속을 들여다보니 팔뚝만한 고기 서너 마리가 웅덩이의 가장자리를 헤엄치고 있었다. 유심히 밑바닥을 살펴보니 정말로 큰 대구만한 고기 한 마리가 밑바닥을 돌다가 그때 나 있는 곳으로 올라와 꼬리 쪽을 내 앞으로 내밀며 조용히 멈추어 서는 것이었다. 순간 나는 고기의 꼬리를 잡아 끌어당겨 잡으려고 노력했다. 걱정한 것은 이 큰 고기가 요동을 치면 나는 웅덩이에 빠질 텐데 하는 마음이 들어 조심하면서 한 손으로 웅덩이 모서리에 나 있는 돌더미를 잡고 고기를 잡아당겼다.

그러나 내가 걱정한 것은 기우였다. 고기는 조금도 요동치지 않고 가만히 들어 올려지지 않는가?

나는 그때 참으로 표현할 수 없는 환희와 경건한 생각이 들어 차분한 마음으로 머리는 왼편 팔뚝에 얹고 꼬리 쪽은 오른 팔뚝에 걸쳐 고기를 안고 천천히 걸어 나왔다.

바위동산에 모여 있던 많은 사람들이 큰 고기를 잡았다고 환호성을 지르며 같이 회를 떠먹자고 하는 것이 아닌가.

나는 아무런 대꾸 한 마디 않고 물이 빠져 바닥의 조약돌이 훤히 보이는 맑은 강물 속으로 들어가 강 중앙에서 바다를 향해 고기를 놓아 주며 넓은 바다에 가서 힘차게 잘 살아라, 하고 보내주었다.

물가로 나오는 나에게 이를 본 많은 사람들이 질타를 하지만 나는 한 마디 대꾸도 않고 조용히 걸어 나와 하늘을 바라보며 심호흡을 하고 나니 그렇게도 담담하고 상쾌할 수가 없었다.

그리고 꿈은 깨었다. 꿈 속의 방생이었다.

바로 그때 직감적으로 떠오른 생각은 그 큰 고기는 나에게 어쩔 수 없이 버금은 호아송이라고, 세세년년 세월은 흘러 십년이 지났지만 하루도 잊혀지지 않는 그 꿈의 정체는 무엇인지, 무엇을 암시하는 것인지 아직도 모른다.

언제나 홀로 있는 한가한 시간이면 그 꿈의 환상이 두렷이 떠올라 오랜 시간을 꿈 속에 머무르며 즐거운 시간을 보내고 명상에 잠긴다.

사람은 많은 꿈을 꾸면서 살아가고 있다고 한다.

일장춘몽이니 용꿈이니 심지어 제왕에 등극하는 꿈의 해몽과 그 유명한 장자의 호접몽은, 내가 나비인지 나비가 나인지 구분 못하는 경지에 이르기까지 꿈의 형태는 천차만별이라 시중에 나도는 꿈의 해설집도 많아 꿈으로 오는 묵시적인 내용을 알려고 노력하고 있으나, 꿈보다 해몽이 좋다고들 하면서 꿈이 가져다주는 난해한 일들을 해석할려고 시도하지만 명쾌하게 정리된 논리는 아직 없는 상태이다.

　그러나 조선시대 초기의 화가 안견의 '몽유도원도'에 관한 실화를 떠올릴 적마다 나도 이 꿈의 내용을 자질 있고 또 나의 진의를 명확하게 읽은 화백에게 맡겨 그림으로 그려 남기고 싶은 욕심이 생긴다.

　아마도 내가 이 세상을 살아가는 동안 결코 잊혀지지 않으리라는 생각만은 변함이 없다.

　언젠가는 이 세상을 떠날 때 이 꿈도 같이 마음에 지니고 가지 않겠나 하는 생각이 들어 고기를 의인화하여 생각해 온 십년의 세월이 잔잔히 가슴을 적신다.

　방생의 의미를 더듬으며…….

불시착

중국의 고사에 '내 마음은 배를 탄 적도 풍랑을 만난 적도 없다'는 일화가 있다.

배를 타고 장강(양자강)을 건너다가 풍랑을 만나 생사가 위험한 지경에 이르렀다가 가까스로 살아나서 시종이 놀란 가슴을 쓸어내리고 강변에 닿자 모시던 분에게 "큰일 날 뻔했습니다요" 하고 위로를 겸해 안도의 말을 하자 도사는 이렇게 말했다는 고사를 읽고는 참으로 종교적인 깊은 경지에 이른 분들의 선문답같아 쉽게 이해가 되지 않았지만 한 편으로 생각하면 마음을 다스리지 못한 평범한 사람에게는 결코 쉬운 일이 아닐 것이라는 생각이 든다.

자기가 겪은 위험한 생사의 기로에 처한 일들은 결코 쉽게 잊혀지지 않는 것이 사실이다.

나도 70년대 초엽에 사천비행장(공군비행장과 같이 사용)에서 소형 프로펠러 비행기를 타고 서울로 올라오면서 겪은 불시착이 쉽게 지워지지 않아서 국내는 물론 외국에 나갈 때면 그 일이 떠올라 필요 이상의 피해의식에 잠시 동안 사로잡히곤 한다.

서부 경남에서 서울로 오는 승객이 많지 않을 때이고 비행장과 비행기도 오늘날과 같이 현대적 시설을 갖춘 것이 아니라서 상당히 열악한 처지였다.

여름 장마철로 기억된다.

고향에 갔다가 급히 서울로 올라오면서 사천비행장을 이용하게 되었는데 그 시절에는 사천 공군비행장을 같이 사용하는 터이라 착륙시에는 비행기의 커튼을 전부 닫게 하여 바깥을 군사기밀이라 보지 못하게 하고 승객을 수송하던 때이다.

일기가 불순하였지만 운행은 그런대로 하게 되어 탑승한 것인데 고도가 원위치에 올라 수평으로 항진하는데 요동이 심하였다.

가까스로 서울 상공에 도착하여 착륙을 시도하는데 불규칙 기류를 만나 비행기가 급강하하는 것이 아닌가. 다들 놀라서 정신을 차리지 못하고 있는 사이 가까스로 균형을 잡아 다시 착륙을 시도하는데 난기류에 휩쓸린 소형 비행기는 바람개비처럼 흔들리며 요동을 치기 시작하니 기내의 모든 승객들은 놀라 아우성이고, 부녀자들은 울음보를 터뜨려 울음바다가 되었다.

나도 몇 번을 급강하하는 통에 정신이 몽롱하고 구역질이 올라와서 정신을 못 차릴 형편이었다. 삶과 죽음을 오락가락한 형국이었다.

죽음의 공포보다 현재 느끼는 고통이 심하여 솔직히 다른 생각은 들지 않았다.

내 뒤쪽에는 유명한 탤런트 부부가 탔는데 이들이 다투는 소리가 들린다.

날씨가 나쁘니 타지 말자고 했는데 당신이 고집을 세워 이렇게 되었다고 하면서 남편이 울고 있는 부인에게 투박하게 말하고 있지 않은가.

몇 번인가 착륙을 시도하다가 실패하고 난 후에야 장내 아나운서가 도저히 착륙할 수 없으니 회항하여 다른 비행장으로 가야 한다고 방송을 하는 것이었다.

그리하여 다시 서울 상공을 벗어나 한 시간 이상 비행하여 불시착한 곳이 대구 동촌 군사비행장이었다.

종종 외국의 비행기 사고로 생사의 기로가 암담할 적에 일부 승객이 필기도구로 가족이나 친구에게 글을 남긴다는 이야기는 들었어도 당시 내가 겪은 처지는 도저히 다른 일을 할 수 없는 형편이고 쉴 새 없이 요동치는 틈바구니에서 글을 쓴다는 것은 애초부터 시도하기 어려운 일이었다.

정말로 선(禪)의 경지에 이른 대덕 승려나 삶과 죽음을 초월한 도통한 도인이 아니라면 과연 이렇게 위험한 상황에서 평상심을 유지할 수 있을까 하는 의문이 든다.

우리 불교 고승의 말씀에서 "참는 것도 없는 경지에 이르러라", "두려울 것도 없는 경지에 이르러라"고 가르치신 말씀을 듣고 인간의 수양이 어느 경지에 달해야만 올바른 사람 구실을 할 수 있는 것일까? 하는 생각이 무겁게 든다.

어찌 우리 인생이 살아가면서 아무런 걱정 없이 살면서 평탄한 길만 걸을 수 있을까. 굽이굽이마다 도사리고 있는 운명적으로 다가오는 고난의 역경을 딛고 일어서는 길목에는 우리가 아무런 예견 못한 불시착이 있을 수 있으리라고 본다.

다만 이러한 불시착의 경우가 교통문제뿐만 아니라 일상사에 불시에 닥치더라도 슬기롭게 이를 헤쳐 나갈 수 있는 용기와 지혜를 닦아 안착할 수 있는 삶을 살았으면 한다.

내 고향 지명에 대한 소고

어디 고향을 사랑하지 않는 자 있으리오 마는 유독 어려운 경제 사정하에 놓여 있던 유년시절에는 바다 건너 육지 대처에 대한 동경심과 왜 하필이면 후미지고 척박한 바닷가에서 태어났는가 하는 의구심으로 나는 제법 심각한 고뇌에 젖어 생각하는 시간을 길게 가졌었다.

내 고향은 조선 중종조의 명신 자암(自菴) 김구(金絿)가 유배를 와서 지은 〈화전별곡〉(花田別曲)에서 일점 선도(仙島)라 노래한 한려 수도의 중심축에 자리잡은 남해의 바닷가 면소재지인 지족(知足)이다. 지금 생각하면 그렇게 아름답고 정이 가는 고장이지만 어릴 적 한때는 고향의 지명에 대하여 왜 많은 이름을 두고 지족인가 하고 의아해 했다.

대저 지명이란 그 장소의 이미지를 반영하고 주변의 지표와 취

락, 지형과 하천 등을 참작하여 붙이는 고유한 이름으로 역사와 문
화적 의미를 지니는 것이 통례인데 우리 고장의 이름은 무슨 연유
로 작명되었는지(?)

가까운 마을에 꽃내가 흐른다고 화천(花川)이라든가, 염전으로
돈이 풍성한 곳이라 하여 된섬(돈섬(전도/ 錢島)의 방언), 옆 마을은
까치가 많다고 까치밭골(작전/ 鵲田) 등인데 우리 지족이란 지명의
유래는 아무리 생각해도 알 수 없어 마을 어른들에게 찾아다니며
애어른이란 소리를 들어가며 귀찮게시리 물어봐도 시원한 대답을
듣지 못해 알 수 없었다.

삼백 년 전부터 이어져 온 죽방렴(竹防簾)이 십오리 수로를 따라
현재 21개소가 설치되어 있어 문화유산과 동시에 관광자원으로
각광을 받고 있다.

한시(조수간만의 차이가 가장 심한 음력 보름 즈음) 때는 강진 바다에
서 지족손도로 폭이 대략 600여 미터의 수로를 따라 남쪽 현해탄
으로 빠지는 물살의 속도가 8마일 정도가 되니 이때 참나무 기둥
을 세우고 대나무 발을 쳐서 고기를 가두는 원시적인 방법이지만
고기를 산 채로 잡을 수 있어 지금은 길이 보전해야 할 유산으로
경향 각지의 인사들이 관광지로 답사하고 있는 실정이라 역으로
원시적인 고기잡이가 이젠 되레 보전할 가치가 있는 자산이 되었
다.

구전에 따르면 현이 있는 읍에서 40여리 동쪽으로 와서 남해의
작은 섬 창선(昌善)을 건널 적에 발(足)을 멈추어서 건너가게 됨을
알았다(知) 하여 붙여진 것이라고 한다.

문헌상으로 기록된 것은 조선 패망기인 1910년부터 일제치하의 1937년까지의 인문지리 현황을 담은 국내 최대 지리지로서 연안 이병연이 저술한 《조선환여승람》(朝鮮環與勝覽)에 지족 진원이 있어 남해현에서 관장한 나룻배가 남해 본섬과 창선도간에 운영되고 있었음을 알 수 있어 북쪽의 노량진과 함께 동쪽의 지족진(知足津)이 육지로 나아가는 관문 역할을 한 것을 알 수 있다.

촌락의 형성은 오래 전부터 있어온 터이지만 일본이 우리나라를 강점한 이후 섬 내지에 자리잡고 있던 면소재지를 자기들 통행과 관리에 편리를 도모하기 위하여 바닷가인 우리 고장으로 이전한 터이다.

원래 내려오는 중국의 속담에 '지족자상락'(知足者常樂)이란 말이 있다.

'만족할 줄 아는 자는 항상 즐겁다' 는 뜻으로 사용하며, '상선여수(上善如水), 지족상락(知足常樂)' 이라고, '족함을 알면 항상 즐겁다' 라고 일컬어진다.

그뿐만 아니라 지족에 얽힌 고어는 무수히 많음을 알 수 있다.

지족지부(知足知富), '족함을 알고 현재에 만족하는 자는 부자' 라고 하는데 오유지족(吾唯知足), 안분지족(安分知足), 지족지지(知足知止) 등이 다들 유사한 의미를 내포하고 있어 식자간에 많이 사용되는 성어이다.

그중 지족지족상락(知足知足常樂)은 '만족할 줄 아는데, 만족할 줄 알면, 늘 만족할 수 있다' 고 풀이된다.

이렇듯 내 고향의 지명은 자연환경을 배경으로 작명되지 않고

지역의 역할에 근거한 작명으로 상당히 심오한 내용을 내포하고
있다고 본다.

고향을 떠나온 지 수십 년이 지나고 보니 수구초심의 원초적인
고향 생각과 더불어 지금도 고향땅에 그대로 남아있는 생가 터에
보람 있는 건축을 하여 내 태를 묻고 성장한 고향땅에 보람 있는
일을 하여야겠다는 생각이 들 때마다 '知足常樂'(지족상락)이란
표지판을 돌에 새겨 길이 고향의 이름을 자랑하고 싶은 마음 간절
하다.

양심적인 운전사

　서울의 교통사정은 참으로 어지럽기 한이 없다. 외국인이나 지방에서 올라온 사람들의 눈에는 과히 살인적인 사항이라고 허풍을 떨 만하다고 생각이 든다.

　열악한 도로사정에 비춰 차량수가 많고 또 차량을 운전하는 사람들의 교통법규에 대한 인식부족과 이기적인 습관 등이 얽혀서 빚어진 결과라고 보여진다.

　지금은 상당히 호전되어 질서를 잡아가고 있는 형편이지만 2000년대 초입만 해도 그렇지 못하여 차를 끌고 시내에 볼 일을 보러 나간다는 것이 여간 괴로운 일이 아닐 수 없었다.

　그 즈음에 일어난 일로 지금껏 잊혀지지 않는 양심적인 택시 운전사의 모범적인 사례가 생각난다.

　절친한 문우 몇 분과 함께 이형의 차를 타고 가벼운 마음으로 교외 나들이를 나가 점심을 먹고 돌아오는 길이었다.

나의 사무실이 있는 서교동에 와서 대로변에 차를 세워 나를 내려주고 떠날 참이었다. 오는 동안에는 내가 운전한 관계로 새로이 이형이 운전대를 잡기 위해 운전석의 위치를 조정하느라고 하다가 순간 잘못하여 악셀레이터를 밟아 3, 4미터 간격으로 정차되어 있던 택시 두 대를 연쇄적으로 들이박게 되었다.

평소 대범하기로 정평이 난 이형도 순간 당황한 빛이 역력하여 잠시 머뭇거리고 있는데 바로 앞차의 택시 운전수가 별 표정 없이 내려와 자기 차 뒷부분을 살펴보고 별것 아니네 하는 것이었다.

이형이 성큼 다가가 "저가 잠시 실수를 하여 미안합니다" 하고는 차량을 수리하여 주겠다고 먼저 제의하였다. 그때 그 앞에 개인택시 운전사가 내리면서 뒷 목덜미를 감싸더니 아픈 시늉을 하며 다가와 "오늘 일은 틀렸구먼" 하면서 세속적인 일본말로 '곤조'를 나타내는 것이었다.

나이 듬직한 앞차 운전사가 버럭 소리를 지르며 하는 말이 "바로 받힌 내도 아무렇지도 않은데 간접으로 조금 받힌 당신이 무얼 그렇게 호들갑을 떠느냐" 고 야단을 치는 것이 아닌가.

순간 우리 일행은 참으로 의아했다.

난 재빨리 그 분에게 다가가 "수리비가 얼마나 들겠습니까?" 하며 돈을 지불할려고 하니 "이것 간단한 것이니까 괜찮습니다" 하며 거절하는 것이 아닌가. 그래도 얼마간의 돈을 주머니에 넣어주면서 감사하다고 인사를 하니 그 운전사가 앞차의 운전사를 보며 "이러니까 우리 운전수가 사람대접을 못 받는 거라고. 당신은 개인택시라도 모니까 형편이 괜찮은 편일 텐데 이러한 사소한 접촉 사고를 무슨 큰 봉을 만났듯이 호들갑을 떠느냐?"고 타일렀지만 요지부동이었다.

그 개인택시 운전사의 행동을 보아 아무래도 경찰에 신고를 하여야겠다는 생각이 들어 근처 파출소(현, 치안센터)에 알렸다. 경찰이 와서 현장을 보고 그자의 행위가 어처구니없어 했지만 사건을 마무리해야 하기 때문에 모두 파출소로 갔다.

바로 앞차 운전사는 나는 아무렇지도 않으니 가겠다고 하여 보내고, 간단한 요식 절차를 끝내고 나니 이 개인택시 운전사가 터무니없이 많은 수리비를 달라고 하는 것이 아닌가.

그때서야 경찰이 "당신 참으로 틀렸구먼! 앞차의 운전사의 본을 보라고요"라고 하였다. 이 질타를 받고 나서야 그는 계면쩍게 웃는다.

경찰의 중재로 얼마의 수리비를 주는 것으로 일을 마무리하고 나서야 양심적인 운전사의 연락처를 알아두지 못한 것이 못내 아쉬웠다.

아무튼 이 세상을 살다 보면 나쁜 사람보다는 선하고 착한 사람이 더 많다는 것을 알게 되었고, 평소 가지고 있던 '일반 택시 기사는 못됐다'는 편견을 불식시킬 수가 있었다.

평소 돈독한 신앙심으로 사회에 많은 봉사활동을 해온 문형인 이형은 남에게 베푼다는 의미가 무엇인지 알았다고 말하면서 이후 금전만이 아니라 그러한 따스한 마음을 우리네들 신앙인도 지녀야 한다고 주위에 이야기하며 지내고 있다.

우리는 그 양심적인 운전사를 한 번 찾아보고 박주라도 한 잔 하면서 이야기를 했으면 하여 소속 택시 회사에 연락을 취했으나 망중에 명확한 이름을 기억하지 못한 탓으로 찾지 못하고 아쉬운 마음으로 이제껏 지내왔다.

다만 어디 가서 살면서 무슨 일을 하더라도 부디 복 받아 잘 살고 있을 거라 기원하며 그가 보여준 그 심정으로 산다면 반드시 행운이 들어와서 말년을 행복하게 잘 지낼 것임을 확신한다.

그 후 나도 조그마한 손해에 대해서는 관용을 베풀어 서로 신뢰하는 사회를 만드는 데 일익을 담당하고자 다짐했으며, 부처님의 자비정신을 본받아 이 척박한 사회에 조금이라도 힘을 보태 밝은 사회를 만드는 데 동참해야겠다는 마음으로 살아가고 있다.

천의무봉
(天衣無縫)

　하늘은 큰 별을 내리셨다 홀연히 거두어 가시니 어언간 세월은 흘러 금암선생 타계 20주기를 맞이하고 보니 선생의 그 우람하고 너그러운 풍모가 뇌리에 떠올라 망연히 하늘을 바라보다 몇 자 감회를 적어 울적한 심사를 달래 본다.

　일점선도(一點仙島)라 일컬어지면서 천혜의 고장으로 불리어진 우리 고장 남해에 일찍이 개도이래(開島以來) 지리(智異) 영봉으로부터 이어져 온 금산(錦山)의 정기를 온통 한 몸에 받고 만인이 추앙하는 거목으로 태어나신 선생은 역사의 기록이나 구전으로도 찾아볼 수 없었던 인물로 내외 군민뿐 아니라 한국 근대사의 혼란기에 우뚝 선 걸출한 인물로 전 국민에 회자(膾炙)되고 있었으니 이는 바로 우리 군민의 자랑이요 자긍심이었다.

　당신이 있었음으로 해서 도중인(島中人)이란 생래적인 굴레의 좁은 어깨가 넓어져 좁은 섬을 떠나 육지로 진출한 수많은 후진들이 주눅들지 않고 모든 분야에서 당당하게 일할 수 있었던 토양을 마련하여 주신 분이시다.

금암선생은 바로 남해라는 등식이 이루어져 육지와 섬의 가교인 남해대교가 세워지기 이전부터 노량해협을 뛰어넘어 현해탄에 우뚝 설 수 있었던 것이 아닌가 한다.

존경하는 금암선생님, 지금 당신의 그 혁혁한 관직의 화려함을 들추어 이야기하고자 하는 것은 아닙니다.

그토록 만인의 추앙과 선망의 대상이면서도 너무나도 서민적인 풍모로써 우리들 가슴을 울려 주었기 때문에 지금 이 순간에서도 금성태극훈장 등에 얽힌 역사적 사실을 들추는 것은 되레 진부한 느낌이 들어 평소 당신이 지녔던 너그럽고 서민적인 정과 이에 얽힌 일화를 이야기하는 것이 더욱 정겨운 것이 아닐까 생각되어 한두 가지를 이야기하고자 합니다.

7대 국회 말기이던가. 공화당의 공천에서 원인 모르게 탈락되어 수많은 향리의 유권자가 의아해 하며 실망하고 있을 때 본인에게 닥친 불운의 한을 겉으로 토하지 않고 안으로 조용히 삭히면서 이제껏 성원하며 아껴준 향리의 지인 몇 분을 저녁식사에 초대하여 위로하는 자리를 마련하였다.

인심은 조석변이라 했던가?

이때까지 가장 가까이서 돕는 척하며 대소사간에 부탁과 혜택을 누구보다 많이 입은 ○○구라는 인사도 동석하였다.

그는 선생이 공천에서 탈락하고 난 후 군사정권에서 새로이 두 각을 나타낸 분이 공천을 받아 출마한다고 하니 하루가 멀다 하고 즉시 빌붙어 갖은 아양을 떨며 선거운동의 전초전에 나팔을 불고 다니던 터였다.

금암선생의 그간의 사정을 아는 분들은 그에게 대놓고 눈총을 보내는 형편이었는데 그로서는 잘 모르는 일인양 철면피처럼 동석(실은 말석)하게 되었다.

선생은 하등 개의치 않고 처연하게 담소자약(談笑自若)한 심정으로 그간의 노고와 후원에 감사하는 건배를 제의하며 호방하게 술을 드셨다.

한 분 한 분 건배로써 술을 권할 때 그의 차례가 되자 좌중의 인사들은 다음에 전개될 일이 궁금하여 시선을 집중하고 있었다. 거침없는 달변과 준엄한 언사로 꾸짖어 고개를 못 들게 할 것을 상상하면서 지켜보고 있었는데 금암선생은 웃는 얼굴로 "자네 술 한 잔 받게나" 하시면서 "참, 자네 이름 구자가 개구(狗)자라며?" 하는 것이 아닌가?

술좌석엔 일순 박장대소가 일고 그 자의 참석에 눈총을 보내던 분들은 일거에 홀가분하게 가슴을 쓸어내리는 촌철살인(寸鐵殺人)의 말씀을 듣고, 과연 대인은 대인이라고 극구 칭찬하는 것이었다.

그렇다. 도행역시(倒行逆施)의 행동으로 시류에 좇아 이제까지 절친하게 지내온 정리와 의리를 헌신짝처럼 저버린 행위는 바로 상가지구(喪家之狗)가 아니던가?

어쩔 줄 몰라 안절부절 못하던 그의 모습이 지금도 눈에 선하다.

다른 한 일화를 들면, 마지막 출마 때가 아닌가 생각이 든다.

유신헌법에 의해 한 선거구에서 두 사람이 당선될 때이므로 치열한 선거전이 전개되어 주야로 당사자는 물론 운동원들도 호호 방문하여 한 표를 다투던 시기였다.

이른 새벽 보좌관 한 사람만 데리고 남면을 순방하게 되었는데 이전 선거 때에 면책을 하면서 금암을 지원해 주던 구(舊) 면장댁을 지나치게 되었는데, 선생은 조금도 주저없이 그 집 대문을 들어서는 것이 아닌가.

깜짝 놀란 수행원이 "의원님, 이 집은 이번에 출마한 사람의 고숙댁입니다. 왜 들어갑니까?"라고 만류하니 "아무 말하지 말고 따라오게" 하시며 "면장님, 저 치환이 왔습니다"라고 외치는 것이 아닌가.

의외의 방문객에 놀란 주인이 나와 반갑게 맞이하니, 금암선생의 말씀이 "이곳을 지나다가 옛정이 그리워 면장님의 얼굴이나 한번 보려고 왔으니 조금도 다른 생각 마시고 술이나 한 잔 주십시오" 하신다.

급히 차려온 술상에서 막걸리 한 잔을 호기 있게 들이키고 일어서면서 지폐 한 장을 뽑아 곁에 있던 손자에게 주면서 작기장(공책이라 아니하고)이나 사 쓰라 하시며, 아쉬워하는 구면장의 눈망울을 뒤로하고 나오시는 것이 아닌가.

이렇듯 우리들이 지금껏 금암을 못 잊고 그리워하며 존경하는 것은 그 어른의 대단한 관직도 아니고 화려한 경력과 미국유학을 다녀온 학력도 결코 아니다.

우리 가슴에 와 닿는 인정으로 말미암아 수많은 촌로(村老)들은 그의 손을 잡으며 '우리 치환이'로 불렀고 가슴에 새겨 놓지 않았던가.

이젠 많은 세월이 흐르다 보니 어떤 존칭과 미사여구(美辭麗句)로 치장하는 것보다 이보다 더 정겹고 아름다운 말이 또 있겠는가.

우리 시대의 위인상에는 지역구 구성원 전체가 갈구하는 공통분모가 분명히 있으니 그가 지닌 인간성이 바로 그것이리라.

천의무봉이라, 하늘의 옷은 결코 깁지 않듯이 허식에 구애받지 않고 살다 가신 금암선생님이시여, 부디 천상에서 '우리 치환이'로 영면하소서.

해조음 단상
(海潮音)

일찍이 〈화전별곡〉에서 일점선도(一點仙島)라 찬양한 자암(自菴)
김구 선생의 형안(炯眼)을 굳이 빌리지 않더라도 바다 가운데 떠 있
듯이 자리잡은 우리 고장은 참으로 아름다운 천혜의 고장이다.

신화와 전설이 점철되어 풍요로움을 잉태한 그곳에서 태(胎)를
묻고, 삶을 찾아 고향을 떠나와서도 언제나 고향산천과 바다의 정
경이 그리워지면 나는 남녘 하늘을 바라보고 고요히 명상에 잠기
곤 한다. 그럴 때면 어김없이 들려오는 소리가 있다.

그것이 환청(幻聽)이라도 좋다.

맑게 들려오는 청아한 소리는 그리운 해조음이다. 그 해조음에
묻혀 오는 비릿한 바다 냄새를 맡고 있노라면 눈 앞에 전개되는 고
향의 산하와 그를 둘러싸고 있는 바다의 전경이 망망연(望望然)하
게 전개된다. 사전적 의미의 해조음이란 단순히 파도소리를 의미

하지만 바닷가에서 들려오는 파도소리는 불교의 관점에서 보면 참으로 심오한 의미를 지닌 어휘가 아닐 수 없다.

우리나라 3대 관음도량은 동해의 홍련암과 서해의 강화도 보문사, 그리고 우리 고장 남해의 금산 보리암이다.

불교경전 법화경에 소리를 네 가지로 구분하여 묘음(妙音), 관음(觀音), 범음(梵音), 해조음(海潮音)이라 하여 설명하고 있는 바 그중에서도 바닷가에서 들을 수 있는 해조음은 현실적인 소리에 속한다.

글로 해서 관음도량을 바닷가에 지은 이유는 이 해조음을 듣고 수행하기 위함이라 하겠다.

누가 뭐라고 해도 이태조의 신화가 얽힌 영험한 금산의 산록에 위치한 보리암이 관음도량으로 자리잡은 것은 결코 우연한 일이 아닐 것이다.

오늘날 많은 과학자들이 말하기를 파도소리는 사람의 뇌 속에 알파(α)파를 활성화시킨다고 한다. 그래서 바닷가에 가면 긴장이 풀리고 정신이 맑아지기 때문에 수도하는 사람에게는 더없이 좋은 소리가 아닐 수 없다고 한다. 이를 유추해 보면 남해를 고향으로 둔 출향인이나 현재 고향에서 터를 잡고 살고 있는 재향인들은 참으로 복 받은 분들이라 생각이 든다.

한 가지 아쉽고 꼭 시정해야 할 것은 이러한 낙토에 관광의 부조리로 해서 남해를 관광한 많은 외지인들로부터 원성을 들을 때마다 안타까운 심정 금할 수 없으니 우리 다같이 반성하고 노력하여 아름다운 토양에 맞게 인심도 순후해져서 명실공히 일점선도로 다시 태어나야 할 것이라 기약해 본다.

　두고 온 고향에 대한 사랑과 관심이 끊이지 않는 한 우리 고향 남해는 영원할 것이다.

　파도소리 해조음이 영원하듯이······.

대곡을 지나면서

(大谷)

　새로이 건설된 신도시 일산에서 서울로 출퇴근하며 지하철을 타노라면 몇 정거장 못 가서 고양벌 한가운데 대곡이라는 역을 지나게 된다. 처음에는 무심히 지나다녔는데 갈수록 의아한 생각이 들어 유심히 살펴보게 되었는데 그 황량하기 그지없는 벌판 가운데 지상으로 역이 건설되었으나 주위를 아무리 둘러봐도 인가란 멀리 떨어져 있어 초창기에는 이용하는 사람이 거의 없는 형편이었다. 신문지상에서도 과잉시설이라고 비평한 바 있고 내가 보더라도 먼 훗날을 위한 백년대계라면 몰라도 지금 당장에는 손익계산은 물론 경제적 우선순위에도 맞지 않는 것이 눈에 선하다.

　그런 생각들은 부차적이고 내가 골똘하게 생각한 것은 대곡(大谷)이라는 이름이다.

　무릇 천지 만물은 그 형체가 있으면 이름이 있기 마련이고, 특히

지명은 사람이 살아가는 데 끊을 수 없는 연관 관계를 맺고 있는
연유로 해서 지명의 유래나 신도시의 작명에 신중을 기하고 있는
것이 사실이며 근래 서양에서는 지명학(地名學)이라는 학문의 분야
까지 발전된 것으로 안다.

그런데 고양벌 한가운데 대곡이라니 참으로 의아한 생각을 떨칠
수가 없다. 예부터 지명에는 유래가 있기 마련이고 작명시에는 그
지형의 모습이나 역사성에서 따오기 마련인데 사방 10리가 더 되
는 벌 한복판에 대곡이라니 참으로 황당했다.

그래서 나는 이 지명의 유래를 찾아보기 위해서 고양시 문화원
을 찾았다. 이 지방의 원래 명칭인 덕양현의 지역 명칭에서 대곡이
라는 지명은 찾아볼 수가 없었다.

우리네 생각의 근저에는 대곡이라면 산자수려한 한국의 풍수지
리에서 높은 산 협곡의 방대하고 위험한 골짜기를 연상케 되는데
이 평지 가운데를 대곡이라 한다니 비약도 정도에 지나치지 않는
가 하고 말이다. 담당자의 설명을 들으면 원래 지명 대장리(大壯里)
와 내곡리(內谷里) 사이에 건설되는 터라 편의상 대곡이라 이름 붙
이게 되었다는 것을 알게 되었다.

그 말을 듣는 순간 나는 속으로 무릎을 쳤다. 참으로 기막히게
들어맞는 예언적 지명이라고······.

이렇듯 땅이 지닌 길흉화복의 비결을 예언적으로 작명하는 것이
우합(偶合) 지명이라고 하는데 몇년 전만 하더라도 상상도 못했던
이 벌판 한가운데 신도시가 건설되고 서울과의 인접성으로 교통
의 원활을 기하기 위하여 지하철을 건설하면서 인가가 밀집한 일

산쪽이나 화정지역은 지하로 개통하였으나 아마도 건설비의 절약을 기하기 위하여 대곡지역만은 역사(驛舍)를 지상으로 건설함으로 해서 고양벌 한가운데 커다란 두 개의 지하협곡이 생겨나게 된 것이다. 비록 두 지역의 모두(冒頭) 글자를 따서 지었다 하더라도 이보다 더 정확하게 예언적 지명을 작명할 수 있으랴.

예로부터 땅과 사람과의 상생관계는 지명에 표현되기 마련이다. 지명과 지역의 운세나 부침(浮沈)이 맞아떨어질 때가 허다하게 있음을 우리는 볼 수 있다.

우리나라 산악 명칭 중 메뿌리악(岳)자가 들어가는 산치고 험하지 않은 산이 없듯이(설악, 북악, 치악 등) 우리 역사에서 지명의 유래는 수많은 전란의 와중에서 기록이 상실되어 체계적으로 보존되지 않은 것이 퍽 아쉽지만 어느 하나라도 깊이와 철학이 담겨 있지 않은 것이 없음을 볼 수 있다.

고개령(嶺)의 남쪽에 있다고 영남, 큰 호수의 남쪽이라 호남, 강(江)의 남북 등으로 이름지어졌으며, 외국의 예도 성(城)을 의미하는 함부르크 등이 공통되는 지명의 연혁이다.

임진왜란 최후의 격전지인 노량해협의 한켠에 충무공 이순신 장군을 기리는 이낙사(李落祠)라는 사당이 있다. 지금은 지명을 바꿔 관음포라 부르지만 몇 십년 전 우리가 고등학교를 다닐 때만 해도 이낙포(李落浦)라는 이름으로 불리어져 왔다.

이 지명의 유래는 다분히 예언적 미화로 치장된지 몰라도 충무공이 전사하기 전부터 부르던 터인데 조선조 초기 어느 도승이 이곳을 지나다가 지형의 오묘함을 눈여겨보고 집고 있던 죽장으로

땅을 치며 큰 인물(이씨 성을 가진 자)이 이곳에서 돌아갈 터라고
해서 이름지어진 것이 이낙포였는데, 정유재란시 전라도 순천 방
향에서 퇴각하는 왜군의 숨통을 조르기 위해 충무공께서 노량해
협으로 배를 몰아 거북선을 숨길 장소를 찾던 중 해변에서 내륙으
로 굴곡이 크게 들어간 만(灣)이 있어 동승한 남해 첨사(僉使)에게
이곳의 지명을 물으니 이낙포라는 답을 듣고 자기의 운명이 이곳
에서 끝이라고 절감하고 전쟁에 임했다가 변을 당했다는 곳이 바
로 이낙포였고, 지금도 그 자리에 이낙사가 자리잡고 있다.

　내가 고등학교 재학시 학생백일장에서 장원으로 입상한 시조
〈이낙포〉 첫 수(首)에서

　　잦아진 여울소리 노량해 굽이 돌아
　　구천에 영기서린 범접 못할 성역인데
　　애설타 이 전승지에 이낙포가 웬말인가

라고 통탄한 적도 있다. 그 후에 위대한 영웅이 전사한 곳에 떨어
질 낙(落)자가 못마땅하다는 소이로 관음포로 개칭하여 부르고 있
다. 그때만 해도 풍수지리가 큰 비중으로 생활 속에 자리잡고 있던
터라 지명에 따른 참언(讖言)이 이렇게 오묘할 수 있단 말인가.

　지참(知讖)의 신비에 숙연해진다.

　꽃잎이 하나 지는 데도 우주의 섭리가 내재되어 있다고 하는데
항차 예나 지금이나 천지만물의 으뜸인 사람이 살아가는 땅의 이
름을 짓는 데 있어 어찌 무게를 두지 않을 수 있겠는가.

　왕조시대에서는 어느 지방에서 충신 열사가 나면 그에 걸맞는 이름을 하사하고, 한 편으로 대역죄인이 나면 고을을 부(府)에서 강등하여 현(縣)으로 한다든지 하여 통치자의 마음대로 개칭한 예도 적지 아니 있었다.

　가까운 일본만 하더라도 산 아래에 산다고 야마시다(山下), 밭 가운데 산다고 다나카(田中) 등으로 붙인 것에 비하면 우리나라의 작명에는 무게가 있음을 알 수 있다.

　일제시대 창씨개명을 반대하던 어느 무대 예술인은 에이하라 노하라(될 대로 되라)라는 이름으로 무대에 섰다는 일화는 너무나도 유명하여 그 뒷면에는 애환을 담아 서글픔을 자아내지 않는가.

　우리도 하루 속히 지명의 체계적인 보존을 위하여 지금이라도 조상들의 지혜의 보고인 지명의 유래를 정리하여 역사성이 담겨 있는 기록 문화를 후손들에게 넘겨주는 것이 도리가 아니겠는가 생각해 본다.

간첩 오인

지금 가만히 생각해 보면 참으로 어처구니없는 일이 아닐 수 없다. 한참 군사정권이 기승을 부리던 시절 나는 친구 김형과 같이 북한산을 등산한 일이 있는데 그때 일어난 일이다.

경기도 지역에 살다가 서울로 이사온 친구인데 원래가 고지식하고 성격이 올곧아 동창회도 출세한 자들의 뻐기는 꼬락서니가 보기 싫어 동참하지 않을 정도로 외곬인데 그래도 나하고는 흉허물 없이 지내는 사이다.

중학교 어린 시절에 만나 사귄 이유도 있지만 속을 들여다보면 평생 남의 흉이나 비난받을 이야기는 하지도 않고 삼자에게 전하지도 않는 성품이라 믿을 만하고, 또 어찌나 셈이 확실한지 조금도 남에게 피해를 주지 않아 만나서 같이 노는 데는 조금도 부담이 없는 친구이다.

하루는 친구에게 우리도 휴일에 가만히 지낼 것이 아니라 등산
도 하면서 체력을 단련하고 여가를 선용하며 술도 한 잔 하자고 권
유하니 쾌히 승낙하기에 다음 일요일에 북한산 입구 구파발에서
만나기로 하여 등산길에 올랐다.

그동안 십수 년을 모든 등산장비를 갖추고 몇 군데 소등산그룹
과 틈나는 대로 다니던 터라 나는 구비할 것이 없었으나 친구의 모
습은 구두에 양복바지를 입고 와서 하는 말이 이제껏 누구와도 등
산한 일이 없어 이렇게 하고 나왔다고 하면서 계면쩍게 웃는다.

앞으로도 시간 나는 대로 산행을 하여야 하니 아예 등산화도 하
나 장만하자고 권유하여 근처 운동구점에서 신발은 사서 신고 등
산길에 나섰다.

초행길이라 속도도 느리고 그간의 이야기를 하느라 사람이 많이
다니는 길을 피하고 한적한 소로를 택하여 유유자적하게 걷다가
보니 바쁜 것도 없고 약속된 시간도 없는 터라 늦은 가을 날씨에
낙엽이 수북이 쌓인 양지바른 평평한 구덩이 속에서 쉬어가기로
하고 낙엽을 수북이 덮고 드러누워 이런저런 이야기를 하다 보니
전날 저녁에 마신 술기운이 돌아 둘이는 그만 잠이 들고 말았다.

한 식경쯤 잤는가 본데 인기척이 나서 눈을 뜨고 보니 웬 낯선
중년 사내가 휴대폰을 꺼내 어딘가에 전화를 걸고 있는 중이었다.
우리의 몰골을 찬찬히 뜯어 보면서…….

내가 일어나 "잘 잤다" 하고는 그분에게 무슨 일이냐고 물으니
대답하기를 사람이 잘 다니지 않는 소로에서 그것도 낙엽을 수북
이 덮고 자고 있는 모습이 수상하고 낙엽 사이로 드러난 신발을 보

니 한 사람 것은 수년간 신은 닳은 신발이고 다른 분의 것은 새 신발이라 아무래도 이상하고, 옷차림도 한 분은 등산복도 갖춰 입고 있는데 다른 한 분은 양복바지라 본격적으로 산행 온 것이 아니라고 보았다는 것이다.

그 분의 추론으로는 안내자는 능숙한 산길을 숙지한 자로 신발과 의복이 숙달된 전형적인 등산객의 모습이며, 접선한 간첩에게 신길 신발을 미리 준비하여 가지고 왔다가 접선자에게 새로운 신발을 신겨서 등산객의 눈길을 피할 목적으로 외진 곳에서 잠을 자고 있는 것이구나 하고 결론을 내고 당국에 신고할 양으로 전화를 걸고 있는 중이라고 말하면서 "이젠 자세히 두 분 선생님들의 얼굴을 보니 도저히 간첩같지는 않아서 다행입니다" 하고 전화를 접는 것이 아닌가?

우리는 한바탕 웃고 난 후 셋이서 가지고 온 술을 한 잔씩 하면서 잠시나마 즐거운 시간을 보냈다. 근무처는 자세히 몰라도 상당히 안보의식이 있는 분으로 시국관이 철저하게 정립된 것으로 보였다. 그냥 지나치고 가도 아무런 시비가 없을 텐데 이처럼 주의 깊게 관찰하고 의문점을 파악하여 신고할 것을 생각했다니 이를 보면 예사롭지 않은 분임을 알 수 있었다.

이런 분들의 철두철미한 조국관이 오늘의 우리들 세대에 번영을 구가한 것이라고 믿는다.

언제나 북한산을 등반할 적마다 그때 일이 생각나서 실소하며, 지금은 멀리 지방에 낙향하여 편안이 살아가고 있는 친구의 안위를 빈다.

작숙 이야기

　내가 자란 고향에서는 고모부를 작숙이라고 부른다.

　나도 어릴 적에는 말할 것도 없고 성인이 될 무렵까지도 작숙이라고 호칭하고 그 호칭이 일반적으로 통용되는 것으로 알고 아무런 거리낌없이 사용해 왔다.

　그러다가 중학교에 들어가 모든 지명이나 평소 사용하는 언어에 대하여 어원을 찾는 관심이 많아져 윗분들에게 묻거나 사전과 옥편을 번갈아 찾아보는 버릇이 생겼다.

　아무리 찾아봐도 없길래 그저 우리 고장에서 대대로 쓰여져 내려오는 사투리 호칭으로 알고 계속 사용하였고, 이후에도 고모부보다는 어릴 적부터 사용해 오던 작숙이라는 호칭이 마음에 들고 정다워 계속 그렇게 불렀다.

　나에게는 참으로 별난 작숙 한 분이 계셨다.

일제 강점기 시대에 사시면서 호방한 성격과 풍이 센 언변으로 주위의 사람들에게 '하명호'란 이름을 각인시키기엔 부족함이 없는 분이시었다.

큰 가산은 아닐지라도 세전으로 내려오는 농토와 어장을 오로지 고모 한 분에게 떠맡기고 세칭 한량으로 전국 방방곡곡을 주유천하하고 다녔으니 농경사회의 폐쇄된 지역에서 그 이름이 별나게 알려지기 십상이었다.

양복을 번지르르하게 입고 안경과 지팡이를 흔들고 몇 해만에 고향에 나타난 작숙에게 윗분들이 "명호, 자네 어디 있다가 지금 왔는가" 하고 물으면 고향 경상도 사투리가 아닌 대처(육지의 대도시를 그렇게 호칭함)의 말솜씨로 한껏 거드름을 피우면서 "여어수에·· 사·무·원··으로 계·시·다가 왔습네다"라고 대답하는 것이 아닌가.

생소한 옷차림과 말투에 듣는 이는 고개를 좌우로 흔들기 마련이지만 작숙은 조금도 개의치 않고 의연하게 활보하고 다녔으니 어린 우리들에겐 선망의 대상이었고 특히나 나에겐 자랑스런 분이셨다.

일찍이 개화한 덕으로 청년시절 일본 경찰에 들어가 순사인지 보조인지를 잠깐 한 사실이 있는데 훗날 해방되고 나서는 독립운동가로 변신하는 언변은 그분의 진면목을 여실히 나타낸 일화다.

실은 경남 사천시 일원에 있는 주재소(지금의 파출소)에 발령을 받고 근무하던 중 하루는 관내 촌가에 있는 아무개를 잡아오라는 상사의 명령을 받고 순사가 차는 칼(일명 닛본도)과 포승줄을 지니고 가서 그자를 포박하여 압송하여 오고 있었다.

때는 염천의 삼복지절이라 더위에 지쳐 잡혀 오는 사람이나 잡아 오는 사람이나 십오리 자갈길을 구슬땀을 흘리면서 오느라 서로 지쳐서 바람이 부는 고갯마루 언덕에 와서 그늘나무 아래 잠깐 쉬게 되어 가지고 있던 궐련(담배)을 한 개비씩 나눠 피우면서 자연스럽게 이야기를 하게 되었다.

쉬는 동안 이 사람에게서 잡혀 온 사정을 자초지종 듣게 되었는데, 그 자는 무지한 촌부로서 오로지 농사일만 하면서 근근이 노모를 모시고 곤란하게 살아가는 농사꾼인데 다가오는 아버지의 기일에 사용할 술을 조금 빚어 제주로 사용할려고 하다가 들켜서 이렇게 된 것이니 용서해 달라고 애원하는 것이 아닌가?

참으로 난감한 생각이 들어 가만히 생각에 잠겨 있다가 순간 객기가 동했는지 아니면 천성이 여린 탓인지 그만 결단을 내리고 말았다.

이까짓 왜놈의 순사 앞잡이는 안 하겠다고 결심하고는, 눈물을 흘리고 있는 그자의 포승줄을 풀어주고 빨리 도망가라고 하고는 자신은 그 자리 잔디밭에 칼을 꽂고 위에 순사모를 얹어놓고는 그 길로 줄행랑을 쳐서 북녘으로 도망가고 말았다.

그리고는 함경북도 청진 인근에서 전전하다가 해방 직전에 고향으로 돌아왔다.

해방이 되자 전력인 일본 순사 경력은 멀리 가고 애국지사인 독립운동가를 구해 주었다고 호방하게 큰 소리를 치는 것이었다.

아무튼 구김살 없고 악의 없는 허풍에 많은 사람들은 이야기 들기를 즐거워했다.

일년에 한 번은 어떤 일이 있어도 우리 집에 오시는데 그날은 할아버지 기일이어서 그 분은 장인어른의 제사에 사용할 수어(으뜸된 고기) 거리를 구해 가지고 호탕한 웃음을 지으시며 들어오셨다.

제사가 끝나고 제삿밥을 먹는 시간이 되면 술은 물론 큰 그릇에 밥을 비벼 잡수시면서 예의 그 호방한 말투로 좌중을 압도한다.

"우리 아짐씨(처남댁) 음식솜씨는 우리 고을에서 제일 장원이야" 하시며 맛있게 잡수신다.

이러한 처신과 말솜씨로 해서 작숙은 우리 집에 오실 적마다 어머니에게서 항상 후한 대접을 받곤 했다.

말년에 병약한 몸으로 은거하고 계실 때 내가 군대에서 휴가차 집에 오니 어머님께서 작숙한테 인사를 드리고 오라고 채근하신다.

그렇지 않아도 오랜만이고 평소 나를 귀여워하신 터라 고모댁을 찾아 인사를 드리러 갔다.

마당에 앉아 햇볕을 쬐시던 작숙은 나를 반기며 대뜸 하시는 말씀이 "우리 봉호, 조선 총독보다 잘 생겼구만" 하고 그 허풍스런 말씀을 버리지 않고 천연덕스럽게 하시지 않는가?

저토록 한 세상을 풍미하며 살아오신 작숙의 얼굴에 병약한 그늘이 덧씌워져 초라한 몰골을 대하고 보니 참으로 인생무상이라는 감정이 들어 할 말을 잊고 그저 두 손을 꼭 잡고 건강하게 오래 사시라고 인사하고 돌아섰다.

이젠 세월이 흘러 다들 가시고 나니 그 분의 일생 동안 걸어오신 족적들이 아스라하게 생각이 나 그리운데 나는 누구를 비록 허풍으로라도 치켜세워 마음을 따스하게 해준 일이 있는가 더듬어 본다.

　부디 극락에서 편히 쉬시기를 부처님께 기원 드린다.

사투리 애환

(哀歡)

사투리(방언 ; dialect) 하면 대개 지역의 사투리와 사회적 계층의
사투리로 구분할 수 있으나 대개는 지역적인 개념의 사투리가 주
종을 이룬다고 볼 수 있다.

국문학적인 면에서는 사투리 사용이 상당히 금기시되고 있으나
지역적인 정서에서는 친밀감과 은근한 감칠맛을 내포하고 있음이
사실이다.

나는 경상도에서 출생하여 성장한 관계로 일찍부터 사투리에 젖
어들어 생활해 온 터라 직장을 국제관광공사에 입사한 후에는 사
투리 사용을 각별히 주의하면서 지내왔다.

그러나 생래적인 습관이 몸에 밴 터인지라 부지불식간에 나도
모르게 튀어나와 황당한 곤경에 처한 경우가 많았다.

입사하고 얼마 되지 않아서 부서의 회식 자리에서였다.

다들 관례적인 모임인지라 상하간이나 과(課)별 구별 없이 하루 정도 정답게 지내면서 서로간 친목을 도모하는 자리였다.

예나 지금이나 술을 일순배 나누고 나면 다음 코스는 화투놀음이었다.

1960년대에는 지금의 고스톱과 달리 당시 유행한 화투놀이는 육백이라는 게임이었다.

나는 신입사원에 속하면서도 주위의 권유와 또 평소 즐기는 터라 한 데 어울려 즐겁게 놀이에 몰두하였다.

사단은 이때 일어났다. 내가 칠려고 하는 패를 방금 앞사람이 먹어간 것이 아닌가? 나는 무의식적으로 "어느 새끼 먹어갔노"라고 한탄하는 말이 튀어 나왔다. 그 판이 끝나자마자 같이 놀이하던 직속상관인 민과장이 얼굴이 새빨개지면서 자리를 박차고 밖으로 나가면서 "장군 나 좀 보세" 하는 것이 아닌가.

나는 아무런 영문도 모르고 뒤를 따라 나서니 밖으로 나온 과장이 담배를 한 대 피우면서 하는 말씀이 "난 자네를 그렇게 보지 않았는데"라고 하면서 "아무리 회식자리이고 술을 했기로서니 어떻게 자네가 나를 보고 어느 새끼가 먹었느냐고 할 수 있는가" 하고 준엄하게 나무라는 것이 아닌가.

나는 참으로 황당했다. 나의 거리낌 없는 사투리가 이렇게 큰 오해를 살 줄은 몰랐다.

"아닙니다. 그것은 오해입니다. 우리 지방 사투리로 어느 사이에 먹었느냐는 뜻입니다" 하고 극구 변명 아닌 변명을 하여도 시원하게 오해가 풀리지 않았다.

확실하게 오해를 풀어드려야겠다는 생각으로 "과장님 잠깐만 계십시오" 하고는 방으로 들어와 과장과 신망이 두터우면서 나와도 절친한 선배 한 분을 모시고 나와서 설명하여 줄 것을 부탁하였다.

그 형은 서울 태생이지만 군대 생활을 경상도 부산에서 근무한 관계로 경상도 사투리에 상당히 익숙해 있었던 터라 나의 설명을 듣고 실소하면서 자초지종을 자세히 설명하니 그때서야 민과장은 얼굴을 펴고 활짝 웃으면서 "그러면 그렇지 난 크게 오해하였네" 하고는 방에 들어와 특별히 한 잔 권하면서 좌중에 이야기하여 전원이 박장대소한 일이 있었다.

그 후로 과원들 간에는 점심 식사 때면 웃으면서 '어느 새끼 이것 먹었나' 하는 인사가 유행어가 되어 사내에 한동안 웃음을 자아낸 일이 있었다.

그 후로는 억양은 어쩔 수 없다 하여도 사투리만은 자제할려고 노력해 왔으나 20여년이 경과한 후에 또 한 번 사단이 벌어졌다.

1988년도 올림픽 게임이 서울 개최가 확정되자 온 국가의 역점이 국제적인 대행사를 무사히 그것도 성대하게 치루는 데 모아졌다.

그때 나는 서울 중심가의 특급호텔에 상무 겸 총지배인으로 근무하고 있던 관계로 나라에서 숙박위원으로 위촉받아 각국 숙박객들을 배정하는 데 힘을 보태고 있었다.

세계적인 대행사에 국제적인 테러분자들의 준동을 막기 위한 방편으로 당국에서 서울 시내의 특급호텔에 한해서 서울 시내 경찰서 단위로 한 호텔씩 맡아 경비를 책임지고 근무하게 되었다. 경찰 서장이 직접 호텔에 상주하면서 경비 경찰을 지휘하게 하였다.

호텔에서 숙식을 같이 하고 있었던 터라 저녁이 되면 총지배인도 귀가하지 않고 당직 지배인을 대동하고 호텔 구석구석을 순회하는 것이 주요 일과가 되었다.

전관을 일순회하려면 한 시간 이상이 소요되어 지적사항과 지시사항을 기록으로 남겨야 하기 때문에 순회하는 도중에 당직 지배인은 필기구를 지참하고 기록에 임하고 있었다.

어느 날 같이 돌면서 지시사항을 말하고 끝을 내면서 긴장이 해이해져서인지 나도 모르게 무심코 사투리가 튀어 나왔다.

"단딩이 해라."

그리고 계단을 내려와 사우나에 가서 좀 쉴려고 하는데 당직 지배인이 계속 따라오지 않는가. 나는 뒤를 돌아다보고 "이젠 그만 가서 근무하게나" 하고 돌려보낼려고 하니 당직자는 머리를 긁으면서 "총지배인님 아까 지시사항 세 가지는 차질 없이 이행하겠는데 마지막 지시사항은 무슨 지시인지 모르겠으니 다시 말씀하여 주십사" 하는 것이 아닌가.

아뿔싸 또 나의 실수구나 하고 탄식하였다.

단딩이란 사투리는 단단히, 철저히 하라는 당부의 말인데 그것을 지시사항으로 알아들었으니, 이렇듯 사투리가 가져온 황당함이 클 줄은 몰랐다.

가만히 돌아다보면 신중치 못한 처신이지만 이젠 아득한 추억으로 남아 실소를 자아내고 있어 지난날의 기억이 그리워지기도 한다.

요즈음은 지방자치제가 활성화 되어 각 지역의 특성화를 부각시키기 위한 수단으로 잊혀져 가는 지방 사투리 경연대회 같은 행사를 열어 그 고장이 지닌 차별성과 친밀감을 나타내곤 한다.

심지어 대중가요의 가사에도 사투리 자체를 그대로 노랫말로 사용해 친밀감을 돋우어 주고도 있다. '살짜기 옵서예' 등 사회 각 계층의 언어가 진화되고 발전하고 있으나 나이가 들어감에 따라 옛날처럼 사투리 사용에 신중하게 대처하지 않고 또 한 편으로 격식을 차릴 만한 자리도 드물어 본연적으로 사용하다 보니 간혹 "언제 서울에 왔는데 아직 사투리를 쓰십니까?" 하는 질타를 주위에서 받아도 하등 개의치 않고 웃고 넘길 수가 있어 나 자신의 변화에 스스로 대견해지기도 한다.

그리고 우리가 부지불식간에 사용하는 지방의 토속 사투리도 지방의 특색을 살리는 한 방편으로 역시 우리가 지켜야 할 전통이자 민족문화의 한 영역이 아닐까 하는 생각이 들어 사투리에 묻어 오는 고향의 향기가 두텁게 자리잡는다.

어느 불목하니의 독경

산사에서 들려오는 스님의 독경소리는 온갖 번뇌를 씻어주는 청량한 옥음으로 언제나 들으면 숙연해지고 차분한 마음이 들어 진정한 의미의 내용도 모르면서 독경소리 그 자체에 매혹되어 가까이 하면서 듣기를 즐긴다.

20대 초반 나도 한때 청운의 뜻을 품고 스스로의 그릇은 생각하지 못하고 주위의 격려에 떠밀려 한적한 산사에서 공부한답시고 머물며 한 계절을 지낸 적이 있다.

남녘 고향 바닷가에 자리잡은 해관암(海觀庵)이라는 절로서 주지 스님 한 분과 정확한 연령은 모르지만 아마 50대 후반이나 60대 초반 정도로 기억되는 불목하니 두 분만이 절을 지키고 있어 고적하기가 이루 말할 수 없었다.

인근에 몇 집 안 되는 인가가 자리잡고 있으나 큰 촌락은 멀리 떨어져 있어 십리 이상 산길을 걸어와야 하는 고로 마음먹고 공부하기에는 안성맞춤이었다.

간혹 불공을 드리러 오는 아낙네의 발길만이 적막을 깨는 외에 사람 구경하기가 어렵고 해서 오자마자 나는 불목하니와 말벗이 되어 스스럼없이 지내는 처지가 되었다.

처음부터 절에서 숙소는 제공하더라도 식사만큼은 스스로 자취를 해야 할 형편이었다. 가지고 온 찬을 같이 나눠 먹기도 하고 또 불공이 있는 날이면 떡이나 과일 등을 얻어 먹을 수가 있어 서로간 나이를 잊고 틈만 나면 장난치기를 즐기며 흉허물 없이 지내는 사이가 되었다.

조금은 왜소하나 단단한 체구에 항상 부지런하여 사찰 주변의 청소와 땔나무 해오기, 삼시 세끼 식사 준비 등으로 영일이 없는데도 항상 웃음기를 머금은 모습이어서 친근감이 있어 대하기가 편했다.

그러던 어느 토요일 저녁 무렵 하필 주지스님이 먼 곳으로 출타하고 난 후에 아마 십리길이 상거한 곳에서 시어머니와 며느리가 불공을 드리러 오면서 불전에 차릴 음식을 잔뜩 머리에 이고 손에 들며 준비해 가지고 왔다.

난감했다. 그네들은 주지스님이 당연히 계실 줄 알고 큰맘 먹고 날을 받아 왔는데 안 계시니 어찌할 줄 모르고 안절부절하는 것이었다.

밤은 이미 깊어 돌아가기에는 밤길도 멀고 장만해 온 음식도 있고 하여 더더욱 난감한 처지인데 이때 불목하니는 침착하게 말씀

드리기를 "이왕지사 큰맘 먹고 오신 터이오니 불전에 진설하고 마음으로 기도나 드리고 가십시오" 하시면서 법당으로 인도하는 것이었다.

그 분들도 다른 방법이 없어 그렇게 하기로 하고 법당에 들어가 절을 하면서 기도를 드리고 있는데 언제 갈아입었는지 승복을 입고 손에는 목탁을 들고 불목하니는 법당에 좌정하여 목탁을 두드리는 것이 아닌가.

나는 깜짝 놀랐다. 그저 음식에 탐이 나서 그러려니 생각이 들어 한편으론 측은하고 무슨 독경을 하는지 궁금하여 법당 문에 바짝 붙어 엿듣고 있었다.

절에 온 후로 한 번도 불목하니가 불경이나 독경을 하는 것을 본 적이 없는 터라 궁금하기도 하고 또 기도가 끝나면 음식이나 얻어먹어 볼까 하여 기다리고 있었다.

목탁을 두드리며 "나무관세음 보살", "나무관세음 보살" 그러고는 불공드리러 온 분들의 주소 성명을 외고 난 후 몇 구절의 축원을 말하고는 목탁을 크게 두드리는 것이 아닌가, 수없이 반복하면서.

나는 실소를 금할 수가 없었다.

아무것도 독경할 수 없는 처지라 그렇게 하는 것이라고 지레 짐작하고 있었는데 시간이 지나갈수록 그것이 아니었다.

싸늘한 시간인데도 땀방울이 맺힐 정도로 열심히 목탁을 치며 '나무관세음 보살'을 되풀이하여 외는 청량한 독경소리는 늦은 가을 외로운 산사를 벗어나 멀리 창공으로 번져 가는 것이 아닌가.

그렇게 차분히 가슴을 울리며 들려오는 독경소리는, 이제껏 많은 산사를 찾으며 이름 높은 스님들의 독경소리를 들었지만 그때 그분의 진심어린 독경소리를 덮을 수가 없다는 생각이 드는 것은 웬일인가.

그 후로는 그분을 대하는 나의 태도는 완전히 달라져 스님 이상으로 진솔하게 대하였다. 불교에는 참으로 난해한 경전이 많이 있다. 팔만대장경이라고 했던가?

불교를 전업으로 연구하는 학자들이나 평생을 승려로서 종사하는 자들도 다 읽기란 어려운 형편이거늘 하물며 재가 불자들이 불교 발생지인 인도의 산스크리트어로 기록한 경전을 중국으로 건너와서는 한문으로 옮기고 그것을 우리말로 번역한 수많은 법문을 무식한 우리네가 다 해독하고 외우기란 난해한 일이 아닐 수 없다. 그러나 반야심경의 몇 구절만 진심으로 외워도 위험한 지경을 피할 수 있다고 하지 않는가?

일상에서 등 너머로 들은 주지스님의 독경을 듣고 어려운 형편에서 관세음보살을 수없이 되뇌이며 치성해 주는 불목하니의 그날 밤 독경과 목탁소리보다 더 아름답고 듣기 좋은 불경소리를 들어 보지 못했다.

지금쯤 서방정토에서 편히 쉬고 계실 불목하니의 극락왕생을 빈다.

입지 못할 내복

내가 거처하는 방에 있는 나의 전용 옷장 서랍에는 내가 입지 못할, 아니 입어서는 안 될 내복 한 벌이 자리잡고 있다.

물경 삼십오 년이 넘게 말이다.

이 내의가 내 손에 들어온 것은 지난 1970년대 초반 내가 근무한 회사와 관계된 재일교포 어른의 소개로 재일교포(실은 일본에 귀화한) 한 분을 알게 되어 그 분으로부터 선물 받은 것이다.

그 분은 일찍이 일본에 건너가 성장하고 교육을 받은 탓인지 말도 조금은 어눌하고 모든 사고방식도 일본화 되어 그 때 한국의 실정에는 어두운 분이었다.

어느 날 나를 찾아와서 서울시와 관계되는 일이 있는데 의사소통이 어려우니 같이 가서 도와 달라는 부탁을 하는 것이었다.

윗분의 간곡한 부탁도 있고 또 그분을 만나 보니 진국이라는 생

각이 들어 흔쾌히 승낙하고 그 분을 도와 자초지종을 설명하고 원
만히 해결을 보았다.

그 시절 우리나라의 일반적인 풍토는 일을 처리함에는 통속적인
뇌물을 주고받는 것이 상례화 된 처지여서 일을 마친 후 액수를 알
수 없는 돈 봉투를 건네며 수고하였으니 관계한 사람과 술을 한 잔
하라고 하신다.

"아닙니다. 보시다시피 다 잘 끝내지 않았습니까? 이젠 그럴 필
요 없습니다" 하고는 완곡히 거절하였다.

한동안 말없이 나의 얼굴을 물끄러미 바라보더니 돈 봉투를 거
둬들이고는 헤어졌다.

그 뒤 나를 소개한 지인에게 들은 바로는 "한국에서 저런 사람은
처음 봤다. 이제껏 한국에서 일을 하면서 부탁하면 으레 사전에 이
야기하면서 돈을 요구하기 마련이며 결정적으로 일이 성사될 시
는 밖에서 기다리게 해놓고 혼자 들어가 어떻게 되었다는 등 이야
기하는데 그 사람은 동석하여 설명하고 듣게 하여 조금도 의구심
이 없게 하고 일의 성사에 조바심이 없어 참으로 좋았다"고 칭찬
이 대단하더라고 전갈해 주면서 앞으로도 필요시 계속 일을 봐달
라고 당부하는 것이었다.

그 일 후로 경주에 소유하고 있는 몇 십만 평의 땅 문서를 나에
게 보관시키며 처분 과정도 상의하는 사이로 발전하였다.

한 번은 한국에 오면서 간단한 마음의 선물이라며 잘 포장된 상
자를 내미는데 그 속엔 참으로 고급스런 순모 내의가 한 벌 들어
있었다.

나는 이제까지 그렇게 고급스런 내의는 본 적도 입어 본 적도 없었다. 당부하는 말이 일본에서도 귀한 내의이니 꼭 입으라는 당부의 말을 듣고 집으로 가져와서 식구들에게 자랑하며 잘 보관하게 하였다.

그해 겨울이던가? 날씨가 추워지자 내의 생각이 나서 입으려고 펼쳐 놓고 만져 보니 순모의 감촉이 너무 좋아 입기가 민망할 정도여서 망설이고 있는데 순간 고향에 계신 아버님 생각이 떠오른다.

물론 남녘이라 서울보다야 기온이 따스한 편이지만 그래도 난방이라곤 아궁이에 군불 넣는 정도이니 평소에도 유달리 추위를 타시는 터라 아버님께 드려야겠다는 생각이 들어 도로 차곡차곡 개어 옷 서랍에 넣고 다시 보관했다가 고향 갈 때 가지고 갈려고 마음먹었다.

일년에 한두 차례 고향에 갈 적마다 절기가 겨울이 아니라 갖다드릴 생각을 못했고 이렇게 차일피일 시간이 흐르다 보니 세월이 여류(女流)하여 아버님은 우리 곁을 떠나시고 말았다.

아버님이 가신 후에 서랍 속의 내의를 볼 적마다 정성을 드리지 못한 불효한 심정이라 회한에 젖곤 한다.

언젠가 내가 이 세상을 하직할 때 고이 가지고 가 드리면서 그간의 잘못을 깊이 사죄하고 입혀 드리려고 생각하며 오늘도 그 내의를 보며 옷장 서랍을 닫는다. 그리고 기원의 말씀을 드린다.

"아버님 편히 계십시오."

길 따라 가세요

서울 근교와 경기도 일원에 한창 개발 붐이 조성되어 산지사방으로 길을 내고 택지를 조성하느라 하루가 다르게 형질이 변경되고 새로운 길이 하루가 다르게 생겨날 무렵인 어느 초봄에 파랗게 돋아나는 신록에 취해 정신없이 이곳저곳 차를 몰아 구경하며 친구와 이야기하느라고 시간가는 줄도 모르다가 해가 지고 땅거미가 으슥할 무렵에야 되돌아오려고 길을 찾아 헤매게 되었다.

막지동서(莫知東西)라 방향을 잃고 어둠이 짙게 깔리는 터라 정신없이 헤매다가 조그만 소로에 들어서게 되어 한숨 돌리는데 이때 마침 지나가는 이 동네 소년으로 추정되는 9∼10세 정도의 아이를 만나 길을 묻게 되었다.

"얘야, 이 길로 가면 서울로 갈 수 있느냐?"

"길 따라 가세요."

그렇게 간단히 대답하고 그 아이는 자기 갈 길을 간다. 그렇다, 길 따라 가면 된다.

모든 길은 로마로 통한다고 했듯이 경기도 일원의 길은 모두 서울로 통하기 마련인데 다기망양(多岐亡羊) 격으로 새로이 생겨난 길로 해서 일시적으로 방향 감각을 상실하고 헤매게 된 것이었다.

소년의 말대로 그 길 따라 무사히 서울로 오게 되어 안도의 시간을 보내며 소년의 말을 다시 한 번 되새겨 보았다.

옛말에 사람(人)은 노(老)를 쓰라고 했지만 어디 그뿐인가? 이렇듯 어린 아이에게도 배울 바가 있다는 점을 새삼스러이 깨닫게 되었다.

그러하니 우리 주변의 모든 이가 연령의 고하를 떠나서 다 스승이 될 수 있고 훌륭한 길잡이가 될 수 있다는 사실이 참으로 무겁게 자리잡아 앞으로는 누구라도 내 삶의 스승으로 모시고 대접하며 지내야겠다는 소박한 생각이 들어 오늘날까지도 그 왜소한 소년의 모습이 지워지지 않는다.

일찍이 중원의 현자로 이름난 관중(管仲)이 전쟁터에 나가 수많은 군졸을 이끌고 싸우다가 회군 길에 나섰는데 운무와 일몰로 퇴로를 잃고 부득이 야영하게 되었다. 그런데 아침에 일찍 일어나 주변을 살펴보니 험준한 협곡 속이 아닌가?

지형이 적의 기습이 용이하고 명확한 지경이라 대경실색한 관중은 척후병을 보내 길을 찾게 하였으나 도저히 찾지 못하고 실망하고 있던 차에 한 가지 생각이 번개처럼 떠올라 이를 실행에 옮겼으니 이는 다름 아닌 늙은 말을 풀어 놓고 그 뒤를 따르게 한 것이다.

아니나 다를까. 말은 조금도 스스럼없이 길을 찾아가는 것이 아닌가?

그리하여 무사히 귀환하게 된 관중은 그 늙은 말의 지혜에 감사하며 고사성어로써 '노마지지(老馬之知)'가 생겨나고 그 이후로 나라를 다스리는 재상의 자리에서도 언제나 겸손하게 자기의 재주만을 내세우지 않고 주변의 의견과 식견을 빌려 일을 처리한 결과 오늘날까지도 현자로서의 이름을 날리지 않는가 생각이 든다.

우리 인생에서 삶을 살면서 올바른 길을 잃고 헤매는 적이 어디 한두 번인가?

행보로서의 길은 인생의 도(道)가 아니겠는가?

그 도를 잃고 살다 보면 교만해지기가 십상이다. 우린, 아니 나 자신 스스로는 자연에 대하여 무한히 겸허하고자 하는 자세로써 올바른 길을 택하여 살아야 한다는 당위성으로 지나온 길과 앞으로 나아갈 길을 생각하며 깊이 있는 삶을 살아야겠다고 반성해 본다.

어려운 삶을, 일찍이 가졌던 청운의 꿈을, 사랑을 냉소하며 회의하면서도 때로는 윤리나 편견, 도덕으로부터 벗어나 절체절명의 순간까지 자신을 몰아부치고 싶어 하는 이중적 속성이 어느 때보다 심각하게 드러나는 작금의 심사는 다들 올바른 길을 잃고 있기 때문이 아니겠는가?

막지동서라 어디 동서남북을 가늠할 수 없는 것이 어제 오늘의 일이 아니거든 핵폭탄의 참화에 방향감각을 상실한 비키니섬의 거북이처럼 참담한 현실은 당위를 넘지 못하고 있어 더더욱 안타까운 심정이다.

나는 간혹 '저 광활한 하늘에도 길은 있는가?' 하고 자문해 본다. 지구의 대기권 안에는 비행기의 항로(航路)가 있고 저 멀리 우주 공간에도 황도(黃道)가 있어 수많은 별들이 각자의 길을 택하여 움직이고 있지 않는가.

신의 섭리라 할까, 참으로 신비스런 일이다.

나는 간혹 저 하늘에도 동서남북이 있는가 하는 의문에 잠길 때가 많다.

이러한 상념들이 다 어린 소년으로부터 터득한 일이라 내가 가는 길이 적어도 주위의 분들에게 지탄을 받지 않아야 한다고 마음먹고 살지만 나도 모르는 사이에 지인들에게 폐를 끼치는 일이 다반사로 있으리라.

한세상 태어나 살아가노라면 비록 만인이 숭앙하는 달존(達尊)의 경지엔 못 가더라도 주위 사람들이 기피하는 인물은 되지 않아야 하지 않겠는가?

그러기 위해서는 내 존재의 가벼움을 올곧은 길을 택해 걷는 것으로 극복하려고 한다.

나는 오늘도 미구에 닥칠 고희를 바라보며 길을 걷고 있다. 또 얼마나 먼 길을 걸어봐야 사람은 비로소 인간이 될 수 있는가. 길을 알고 길을 따라 살아간다는 것이 이토록 어려운 일인가, 하고 생각에 잠겨 보면 "길 따라 가세요" 한 어린 사부의 어록이 차분히 가슴에 와 닿는다.

바다는 영원하다

모든 생명의 근원은 물이다.

물의 고향은 저 광활한 바다이다.

바다에 정기 탄 수산건아를 부르며 우렁찬 현해탄의 물결이 굽이쳐 흐르는 지족해협에서 꿈과 낭만을 키워 온 우리들이었기에 모교에 대한 애틋한 정은 어떤 명문학교에 못지않게 깊었고 동문들에 대한 친밀감은 가슴 깊이 자리잡아 전통의 싹을 두텁게 키워 온 것이 오늘이 있게 한 우리들의 자랑이 아니었던가?

각박하게 돌아가는 시대상(時代相)의 변화에 적응하기 위하여 어느 날 우리 모교는 해양과학교로 탈바꿈하여 새로운 진로를 모색한다는 소식에 참으로 착잡한 심회를 가눌 길 없었어도 필연적으로 다가온 변화의 환경 앞에 나상으로 내몰린 채 이젠 새로운 장(章)을 열어야 할 전환점이라는 것을 알고는 절제된 감정으로 조용

히 지켜보며 새로이 출발하는 모교의 앞날에 마음의 성원과 축복
을 보내지 않았던가.

이미 굳어져 버린 신화의 두터운 가죽에 덧칠만 하고 번민만 할
것이 아니라 우리들 배움과 젊음의 요람이었던 모교가 성장을 위
한 아픈 탈바꿈의 산고를 이겨내고 힘차게 새 출발하는 모습을 볼
때 참으로 대견스럽고, 우리들 학맥이 연면히 이어져 가는 안도감
에 자긍심이 보태지고 있었다.

사람은 누구나 이성적 존재로서 자연법에 따라 생활을 영위하기
마련이다. 때문에 자연 상태는 애초에 평화스럽고 목가적인 낭만
의 상태일지라도 급속하게 달라지는 사회 환경에 따라 학문의 영
역도 크게 달라진다는 것을 알아야 할 것이다.

벽촌에 자리잡은 관계로 학생 충원에 따르는 애로사항은 전국의
실업학교가 지닌 공통된 점일지라도 이젠 교육적 기반을 둔 인프
라가 확충되어야만이 살아남을 수 있는 필연적인 요소가 아닐 수
없다. 아무리 영롱한 씨앗이라도 그것을 꽃 피울 수 있는 토양이
있어야 하지 않겠는가?

우리들 학문의 뿌리이며 성장기의 요람이었던 모교의 지속적인
발전을 위하여는 이곳을 거쳐 나온 동문일동은 물심양면으로 성
원을 보내야 할 것이다.

비록 벽지에 자리잡은 학교일지라도 오늘의 시점에서 돌이켜 보
면 오늘을 있게 한 생성의 근원이고 원류이기에 우리는 애정 어린
눈으로 지켜봐야 할 것이다.

오늘도 현해탄의 물결은 푸르고 파도소리는 우렁차게 울려 퍼질

것이다. 무한의 외경과 동경의 대상인 바다, 그곳에 두고 온 꿈과 낭만은 비록 현재는 육지인 수도권에서 생활하지만 우리의 뇌리에 깊게 각인된 모교의 사랑으로 이젠 그 구심점이 동창모임에 있음을 살피고 적극적으로 참여하는 것을 보람으로 여겨야 할 것이다.

초창기 동창회 운영에 관여해 온 한 사람으로서 돌이켜 보면 어려움이 한둘이 아닐 터인데도 이를 극복하고 헌신적인 열성과 집념으로 떳떳한 회관을 마련하고 현판을 걸어 그리운 파도소리 들려오게 한 이중길 회장의 노고에 깊이 감사드린다.

사랑하는 바다(모교)여 영원하소서.

제 2 부

방우단 이야기

길따라 가세요

우담바라 꽃이 피었습니다

(優曇婆羅)

전설의 부처님 꽃으로 알려진 신비스런 꽃 우담바라가 피었다.

한국불교문인협회 회원이며 시인이신 우탁 스님이 주지로 계신 경남 창녕군 남지읍 고곡리 호암사에 있는 300년 된 석불에서 지난 10월 3일 개천절에 때 맞춰 우담바라가 피어나 강호의 화제가 되었다. 수많은 신도와 일반 방문객이 찾아와 성스러운 꽃을 보고 부처님의 참뜻을 되새기는 경건한 시간을 가졌다.

우담바라는 불경에서 여래(如來)나 전륜성왕(轉輪聖王)이 나타날 때만 핀다는 상서운이(祥瑞雲異)의 깊은 뜻을 지닌 일명 영서화(靈瑞花)로서 3천년 만에 한 번 피어난다고 하는데 이 희귀한 전설의 꽃이 이곳에 피어난 것은 예사롭지 않은 상서로운 일이다.

국태민안(國泰民安)과 사바세계의 모든 중생들에게 부처님의 자비가 충만하기를 기원 드린다. 합장.

신화도 비켜갈 수 없는 보물의 섬

　단지 섬이라는 이유 하나만으로 가볍게 떠나온 고향 산천이 평생을 두고 무겁게 자리잡은 것은 그곳에서 생성된 감성의 원형을 향수에 접목해서 표현해 내기 때문인지 나는 옥상에 가꾸고 있는 몇 그루의 치자나무에서 그 짙은 향을 맡을 때마다 고향을 떠나 오랜 타향살이로 해서 충전된 성취동기는 항상 천혜의 보물섬 고장에 대한 따뜻한 마음이 있었기에 긍정적으로 작용했으리라고 본다.

　지금의 도시의 삶이 버겁게 느껴지면 술 한 잔 놓고 마음을 추스를 수 있는 것은 고향의 전경이 영혼의 안식처가 되었기 때문이리라. 이미 굳어져 버린 신화의 두꺼운 거죽에 덧칠만 하고 번민만 할 것이 아니라는 소박하고 정결한 심정으로 눈을 감고 먼 남녘의 고향 하늘을 떠올려 보면 그리움은 포근히 삼투압 현상이 일어 온 몸을 적신다.

금산(錦山)이라 비단금자만 봐도 마음이 포근해지고 삼신산 불로 초(不老草)에 얽힌 서시과차(徐市過此)의 각석에서 유추해 볼 수 있는 것은, 왜 이태조의 등극 신화가 장엄한 지리산록을 벗어나 남해 금산에서 꽃피었는가를 가늠할 수 있지 않은가?

이는 그 풍광 속에 잠재되어 있는 영검과 태고적 고요 속에 생성되어 피어오르는 영기(靈氣)로 해서 하늘과 교감할 수 있었기에 가능한 일이 아닐까?

뉘라서 어이 고향이 없으리오마는 유독 섬에서 태어난 태생적인 근원으로 해서 더욱더 짙게 묻어 나오게 된 것은 어릴 적 애틋하게 지녀온 바다 건너 육지로 향한 마음은 이젠 북쪽의 하동과 동쪽의 삼천포로 연육교가 건설되어 한은 풀었어도 아직도 선뜻 섬을 떠나 나서지 못하는 것은 이곳에 태(胎)를 묻고 삶을 살아온 연(緣)을 쉽게 끊을 수 없는 탓이 아니겠는가?

연이면 두려움 때문인가? 숙명처럼 드리운 섬사람의 굴레를 이렇게 쉽게 벗어 던져도 마음 속에 가두어진 애환은 쉽게 벗어날 수는 없기 때문이 아닐까.

이젠 떨치고 일어나 가꾸어야 한다. 우리 모두 다 함께 머리 맞대고 천혜의 이 보물섬에 새로운 신화가 깃들도록 갈고 닦아야 한다. 외지인 관광객이 오고 차량이 쉼 없이 드나든다고 해서 관광지가 절로 되는 것은 절대 아닐 것이다.

어느 산업보다 승수(乘數) 효과가 큰 관광산업의 육성을 위해서는 천혜의 자원에만 의존할 것이 아니라 재향군민의 마음 속에 따뜻한 마음으로 외래 관광객을 맞이하는 정성이 앞서야 한다고 본다.

오늘날 우리 사회를 한 마디로 규정하기는 쉽지 않다고 본다.

정보사회, 포스트모던 사회는 어느 하나의 이론적 개념만으로 그 정체성을 아우르기에는 현대 자본사회가 보여주는 스펙트럼이 너무나 현란하다는 것을 군정을 맡고 계시는 분이나 전문 관광산업에 종사하는 분들은 알고 정성을 기울여 우리 고장을 가꾸는 데 앞장서야 된다고 본다.

결코 비장의 보물이 아니고 만인에게 보여주어야 하고, 자랑해야 할 보물일진대 찾아오는 관광객들에 대한 친절의 부재로 연속성이 결여되어 외면 당한다면 머지않아 그 아름다운 존재가치가 소멸되는 고통을 당하리라는 것을 명심하여 기본부터 다져 나가는 의식이 선행되어야 한다고 본다.

그러기 위해서는 진부하지 않으면서 실행 가능한 새로운 신화창조에 나서야 한다. 보물의 섬을 감싸고 있는 바다, 더 나아가 한반도 해양 전체를 보살피는 한국판 포세이돈(해양신) 신전을 우리고장에 건립하여 바다의 중심축이 될 때 비약적인 발전을 가져오지 않을까 꿈꾸어 본다.

세세년년(歲歲年年) 여드레 스무 사흘 조금이 오듯 한(恨)과 원(願)을 담아 굽이굽이 흐르는 한려수도의 파란 물결 위에 서기(瑞氣)로움이 피어나는 땅, 우리 보물섬 남해가 만인에 회자되는 관광지가 되고 풍요로움이 넘쳐 살기 좋은 고장이 되는 날 우리 군민 전체가 어화등선 춤추는 날이 오리라고 확신한다.

방우단 이야기
(彷盱亶)

1990년대 초 일찍이 어린 시절부터 꿈꾸어 왔던 장학사업을 위하여 일본에 계신 회장님의 큰 뜻에 좇아 장학회를 설립하고 80평 남짓한 회관 옥상에 20평 남짓한 텃밭을 조성하였다.

그리고 어린 묘목을 구하여 정성스럽게 심고 길렀다.

삭막한 도심 한가운데 그것도 콘크리트 옥상에 푸른 색상의 나무들이 자라나서 제법 시야에 즐거움을 더하게 되자 한 켠에 조그만 휴식처를 만들어 사색을 하며 글 쓰는 시간을 갖게 되어 여간 기쁘지 않아서 매일 올라와 지내는 시간이 많았다.

철마다 일년초의 식물과 꽃 모종을 구하여 화단과 화분에 심고 물을 주고 기르는 재미가 소록소록 피어나 이를 바라보는 시간이 길어질수록 한 가지 욕심이 생겼다.

5평 남짓한 휴게실에 당호를 붙여 멋을 내고 싶은 마음이 들어 며칠간 숙고한 끝에 방우단이란 옥호를 정하여 졸필로 써 붙이고 자축의 글도 써서 걸어 놓으니 몇몇의 친우들이 방문하고는 칭찬 반 빈축반 격려의 말들을 이어주었다.

이렇게 지내는 동안 세월은 흘러 그 어린 묘목이 자라서 꽃을 피우고 열매를 맺을 무렵 우리 불교문인협회 회장으로 계시던 일묵(림영창) 선생이 방문하게 되어 나의 사무실과 옥상을 둘러보시다가 유심히 당호를 보시고 하시는 말씀이 "이 사람 고약하구먼. 생소한 글자로 이름을 지어 나로 하여금 곤란하게 하는군" 하신다.

그리고 나서 정확하게 읽으시고는 주위를 돌아보고 같이 온 일행에게 이곳에 맞는 멋있는 이름이라고 칭찬하시는 것이 아닌가.

황송할 따름이었다.

나는 이곳의 이름을 지을 때 내딴에는 조금 멋을 부린다고 보편적이고 흔한 한자보다는 의미 있고 함축 있는 자를 생각하느라고 며칠을 옥편과 싸웠다.

방자는 크다는 의미로서 조선 초기 황희 정승의 호가 방촌(厖村)이어서 임진강변에 세워진 반구정을 찾을 적마다 그 어른의 고고한 품성 못지않게 호가 지닌 의미를 깊이 되새기곤 했다.

그래서 일반적으로 잘 쓰지 않는 방(厖)자에 매혹되어 이를 원용하기로 결정하고, 다음자는 하루 종일 옥상에 햇빛이 스며드는 것을 의미하는 해돋을 우(旴)자로 정하였다.

마지막 자는 단(亶)자로 이는 작은집을 의미하는 자로서 전체적으로 비록 집은 작지만 햇빛이 크게 비춰주는 집이라는 내 나름대로 의미를 부여하고 이렇게 정하였다.

세세년년 세월이 흐르다 보니 제법 크게 자란 몇 그루의 살구나무와 앵두나무, 그리고 감나무 등이 어우러져 봄이면 화사하게 피어나는 꽃은 참으로 보기 좋았다.

몇 년 전부터 친목회 모임으로 가끔 만나는 시조시인 신 선생과 이 선생 등 몇몇의 지우들과 함께 비오는 봄날의 방우단에서 촉촉이 비를 맞고 있는 꽃송이를 바라보며 술잔을 기울이는 낭만의 시간을 해마다 가지게 되었다.

이곳 방우단에서 따서 담근 앵두술과 잘 익은 살구술을 들며 즉흥적 시상을 읊조리며 시간 가는 줄 모르고 떠들고 놀다 지치면 노래방으로 옮겨 각자의 18번은 물론 알고 있는 레퍼토리를 다투어 부르다 보면 하루해는 어떻게 그렇게도 빨리 가는지?

두고 온 고향이 그리울 때면 향수를 달래려고 화분에 고향의 대표적인 꽃 치자나무를 몇 그루 심어 가꾸고 있다

그 짙은 향기를 맡고 있노라면 고향의 정경이 눈 감아도 훤하게 전개된다.

파도소리에 묻혀 오는 비릿한 갯내음과 수돗물 흐르는 소리가 겹쳐 고향을 이곳에 옮겨다 놓은 착각마저 든다.

지나온 세월이 그립지 않은 사람이 어디 있으랴마는 마음 속으로 다짐한 떠나올 때의 기약이 어디 하나같이 올바르게 성취하지 못하고 허송세월만 보내다가 이젠 인생의 뒤안길에 접어들고 보니 허허로운 생각이 앞서 처연한 몰골이 스스로가 부끄러운 지경이다.

그러나 이곳 방우단이 있음으로 해서 많은 위안을 받으며 감사

하는 마음으로 하루하루를 살아가고 있다, 이 세상 가장 맛있는 술
이 무슨 술인지 알고 음미하면서…….

"맨드라미 피고 지고 몇몇 해던가."

남달리 감칠 맛나는 목소리로 멋드러지게 노래하는 문우를 위해
내년에는 맨드라미 꽃씨를 구해다가 심어야겠다고 다짐한다.

이러한 마음을 담아 벽면에 몇 자 글을 적어 오가는 벗들과 음미
하며 술잔을 나눈다.

방우단

그대, 여기 소찬에 모셔지거든
그 암울하고 가난했던 기억이
풍요로운 그리움으로 다가오는
하늘밑 첫 자리에 앉았음을 알리라
산 좋고 물 좋은 정자는 아닐지라도
하늘이 가만히 내려와 있고
낮이면 따사로운 햇살이 미덥게 드리우고
밤이면 지천으로 쏟아질 것 같은
별들의 향연에
멀리 한강물 흐르는 소리가
환청으로 들리는 곳일지니
사람 사는 정들이 엉기어 마음 열리고

정감어린 눈빛을 바라보노라면
뉘라서 허허로이 지나치리오
자 벗이여 잔을 드시오

봉화산 정토원

　'무량수 무량광 나무아미타불'을 기치로 걸고 청결한 예참(禮懺) 의 정신으로 불국 정토를 꿈꾸어 온 봉화산 정토원!

　높지 않은 140m 산록에서 들려오는 딱따구리의 나무 쪼는 소리 가 불심 깊게 좌정한 스님의 목탁 치는 소리처럼 청아하게 들려오 는 곳!

　천 육백년의 불교 역사에 서방정토원이 이곳에 새로이 터를 잡 아 보리수처럼 거목으로 자라나 훗날 한국 불교의 성지라고 불교 사는 기록할 것이리라.

　헌칠한 외모와 사려(思慮) 깊은 불성(佛性)과 불심(佛心)으로 해서 우리 불교사에 일찍이 그 유래를 찾아볼 수 없는 발상으로 근엄한 법당 내에 좌정한 부처님을 비바람 몰아치는 봉화산 산정에 세워 호미를 들게 한, 그래서 조금은 무례한, 철두철미하게 중생의 편에서 생각하고 고뇌하는 응용포교의 진수가 펼쳐지고 있었다.

일찍이 불교가 전래된 인도 아유타국의 남풍이 스며들어 가야와 더불어 개화된 김해벌 봉화산에 50여년 전 동국대학교 총학생회장 시절의 젊은 불교학도 '선진규'로 하여금 심신, 사회, 경제, 사상의 4대 개발의 옹골찬 뜻으로 발원하여 오늘의 역사(役事)를 이루게 한 그가 저간의 재가불자(在家佛者)로서 그토록 염원한 불타의 자비가 현시(顯示)하는 바는 과연 무엇인가?

나라를 위한 영원한 원불(願佛)을 삼고자 하여 봉불한 이곳에 불꽃 이는 불타의 자비가 정토원에 영원히 빛나리.

선율과 쉼표

아무리 아름다운 선율(旋律)일지라도 쉼표가 없으면 그것은 소음 (騷音)에 불과하다는 것과 같이 우리들의 교우가 진지하게 주고받는 교감이 신선하더라도 긴 세월동안의 반복이 진부함을 낳고 그로 인해서 매너리즘에 빠져 나태해지면 이를 만회하기 위한 휴식의 시간과 공백의 미덕이 필요하지 않겠습니까?

십년의 세월은 결코 짧은 시간이 아니었습니다.

춘하추동 그 염량세태가 오고 또 감이 나이테를 긋는 동안에 무수히 바라본 하늘은 참으로 고왔고 찬란한 하늘의 별과 가슴 저미는 초승달의 떠오름을 바라보며 인생을 생각하고 문학을 이야기하며 철학을 논하던 시간들이 조용히 자리잡았습니다.

간혹 스스로의 자괴심에 부끄러운 눈물도 보였고 기쁨과 격정에 젖어 웃음을 지어 보기도 했습니다.

하나같이 삶의 여백을 순수라는 이름으로 미화하며 서로를 감쌀 때 청량한 감회는 늘 같이 하였고, 얄팍한 자존심은 접어두고 동심으로 돌아간 시간들은 체통을 잊게도 하였습니다.

그러나 말입니다. 이러한 감정들이 차분히 전이되어 가는, 또 전이되어 가야 하는 당위성 같은 명제가 기다리고 있음을 감지하고 있었습니다.

식상하다고나 할까 권태로움이 틈새를 비집고 들어와 거리를 만들고 보이지 않는 선을 그어 같이 있어도 보고픈 마음을 뒤로하고 상투적인 언사로 안부를 물을 때면 서늘한 바람이 등골에서 맴돌아 참으로 서늘하더이다.

기약이라는 것이 지킬 수만 없다손치더라도 저 멀리 떠내려가는 잔해를 바라보는 심사는 지나온 족적에 비감한 생각들이 덧칠하더이다.

그대가 썼던가요.

"깊은 강물처럼 소리없이 흘러가는 침묵의 미학을 꿈꾸며 묻었던 가슴 저민 이야기들을 흘려 보낸다고."

가고 오는 질서가 자리잡힐 때 삶의 윤곽도, 사랑의 정서도 차분히 정돈되어 흘러가는 것이 아니겠습니까?

모두(冒頭)에 밝혔듯이 노정(路程)에서의 쉼표는 계속됨의 약속이 아닐는지…….

쉬었다 가면서 지나온 발자취를 되돌아볼 수 있다는 여유를 가진 것 또한 새로움을 충전하는 계기가 되어 참신함으로 거듭 태어나 더더욱 반가움으로 다가오지 않겠습니까?

　사회적 품격과 도덕적 계율의 잣대로 무거워진 행보의 자취를 감당하기엔 초라한 몰골이 더더욱 감내하기엔 힘이 부쳐 충전의 시간을 갖고자 합니다.

　별리(別離)의 간극이 잊혀짐으로 가지 않게 노력하겠습니다.

　다만 산 고아가 지겨움으로 바라보는 시선만은 거두어 주시기 바랄 뿐입니다.

　많은 생각과 고뇌 끝에 위장을 벗고 참마음 가슴으로 전합니다.

양화진 유감

(楊花鎭 有感)

　지난해 여름처럼 유례 없는 더위가 기승을 부리면, 난 답답한 심사를 달랠 겸 혼란스런 머리를 식힐 양으로 사무실 근처에 있으면서 도심 속에 숲이 우거져 있는 옛 양화진(楊花鎭) 자리의 외국인 묘지에 가서 쉬었다 오곤 했다.

　양화진은 원래 나루진(津)을 써온 나루터로서 예로부터 경기도 고양땅(지금의 일산 신도시) 이북과 한강 남쪽 경기도 연해안가를 왕래하는 데 있어 매우 중요한 나루터였다.

　서울의 돈의문(敦義門, 서대문)에서 양천, 김포로 이어져 강화에 이르는 주요 도로망에 위치한 나루터인 관계로 종9품(從九品) 도승(渡丞)이 배치(配置)되어 관선(官船)을 관장하는 임무를 띄고 있었다. 그리고 그 일대는 수군의 수전(水戰) 연습장이기도 하였다.

　조선 영조 30년(1754년)에는 도성을 방비하기 위한 주요 거점으로 '한강진, 노량진, 동작진, 송화진'과 더불어 한양방비 5진(鎭)의 하나로 양화진(津) 나루터 자리에 진(鎭)이 설치되어 해상 운송상의 큰 몫을 담당한 것은 물론이거니와 군사적 요충지로서 한강 최하류에 자리잡고 있었던 터였다.

진영(鎭營) 청사는 지금의 외인(外人) 묘지 서쪽 기슭에 세워져 있었고 동쪽으로는 잠두봉(현 천주교 절두산 성지)이 있어 풍광이 빼어났으며 진의 서쪽 편으로는 세조 때 세운 '망원정'이라는 정자가 세워져 지금도 강북 강변도로를 타고 일산 방면으로 가다 보면 망원동 방면 왼쪽편에 자리잡고 있다.

이 양화진 강변에 깎아지른 듯한 절벽에 이어진 작은 산이 누에의 머리처럼 생겼다고 잠두봉이라 하는데 현재는 가톨릭 순교성지로 이름 높은 절두산(切頭山)으로 불리어지고 있지만 옛 이름은 덜머리(加乙頭, 가을두) 또는 용두봉, 독봉산(禿峰山)이라고 불리어진 것이 기록에 남아있다.

조선 말엽 서학이 물밀듯이 밀려와 '실사구시(實事求是)', '실학사상'이 이 땅에 뿌리 내리고 있던 시절에 조정에서는 대원군의 쇄국정책과 천주교 박해가 맞물려 어지러운 세태를 이루고 있을 즈음 3명의 프랑스 신부가 새남터에서 참수형을 받은 기해(己亥)박해(1839년)로부터 27년 만에 병인 대박해가 일어 또 다시 프랑스 선교사 9명을 포함하여 수많은 천주교 신자가 바로 이 양화진 절벽에서 처형당해 그 처참함이 목불인견이요, 강물은 붉게 물들어 무심한 강물과 더불어 서해로 떠내려 갔던 것이다.

이 사실을 구사일생으로 탈출해 간 신부로부터 알게 된 프랑스

는 즉각 인도차이나 함대 사령관 '로즈 제독' 으로 하여금 응징케
하였으니, 그해 8월 3척의 군함을 거느리고 인천 앞바다 작약도에
정박하여 조정에 항의하면서 대치하던 중 기함 '프리모게' 만 그곳
에 있고 2척의 군함을 몰고 한강을 거슬러 양화진까지 올라와서
시위를 하고 돌아간 사건이 발생하였다.

이 같은 연유로 해서 잠두봉이 어느새 절두산(切頭山)으로 바뀌
었고 천주교 성지로서 이곳에 순교기념관이 세워져 지금은 신자
는 물론 많은 시민들도 찾게 되는 곳이 되었다.

그 후 이곳의 진(鎭)이 폐쇄된 후 외국인 묘지로 쓰여지게 된 내
력은 1890년 7월 미국인 '헤론' 의 묘지로 쓴 것이 외국인 묘지의
효시였으니 그 내용은 대충 이러하다.

그 당시 국제정세는 서구열강은 물론 메이지(明治) 유신을 성공
리에 끝낸 일본마저도 식민지 개척에 혈안이 되어 있던 터라 조정
에서는 이들의 성화에 못이겨 1882년 3월 한 · 미 수호조약을 체결
하게 되자 이어서 영국, 독일 등과 수호조약을 체결하게 됨으로써
이제까지 견지하여 오던 쇄국정책을 버리고 구미 열강과 외교관
계를 맺게 된 것이니 이와 때를 맞춰 각국 외교사절과 서구의 문물
이 속속 유입되고 외국의 다양한 인사들이 들어오기 시작하였다.

지금으로부터 115년 전, 1894년 미국인 의료선교사 '알렌' 이 입
국한 데 이어 그 유명한 H.G. 언더우드와 아펜젤러가 들어와 의료
사업을 펴는 한편 교육사업을 일으키면서 그들의 주목적인 선교
사업을 전개하게 되었다.

그 때 '헤론' 도 '알렌' 과 함께 입국하여 광혜원(廣惠院 ; 후에 濟衆

院으로 변경)에서 의료사업을 하던 중 한국에 온 지 5년만에 급환으로 세상을 떠났다. 아마 그가 서울에서 처음 숨진 외국인으로 공식적 기록이 아닌가 생각이 든다.

이미 1883년에 개항한 인천에는 당시에도 외국인 묘지가 마련되어 있었으나 한여름 염천이고 교통이 불편한 그곳까지 시신을 옮겨 장례를 치를 수가 없게 되자 선교사들이 이같은 사실을 조정에 밝히고 서울 근교에 매장할 수 있도록 선처를 요청하게 된 것이다.

조정에서는 처음 한강이남 야산 기슭 모래밭에 쓰도록 하였으니 이는 당시 구습에 젖어 있던 민간 사이 토속신앙에서도 외국인을 묻으면 재앙이 따른다는 미신 때문에 두려워하여 도저히 묘지를 구할 수 없는 형편이었고, 거기다가 왕궁으로부터 30리 이내는 묘지를 쓰지 못하도록 법으로 엄격히 금지되어 있던 터라 묘지 마련을 못해 고통과 초조 속, 염천지하(炎天之下)에서 시신이 썩어가고 있을 때 우리 조정과 미국 공사관 양쪽에 친밀한 관계를 맺고 있던 '알렌'이 나서서 백방으로 절충을 벌인 끝에 지금의 양화진 터에 묘지 사용허가를 받아 쓰게 된 것이 외국인 묘지로 사용하게 된 계기가 된 것이다.

그로부터 100년이란 세월이 넘게 흐르는 동안 '언더우드', '아펜젤러' 가족묘지 등 500여기의 무덤들이 자리잡고 있는 터이다.

그런데 이곳에 와서 참담한 생각을 떨쳐 버릴 수 없는 모습을 발견하였으니 이는 묘역 서쪽 경사진 면을 따라 1917년 10월 제정 러시아를 무너뜨린 볼셰비키 공산혁명을 피하여 시베리아 벌판을 건너 극동으로 피난해 온 백계 러시아인들의 무덤이 몇 개 자리잡고 있는데 이들의 비석은 유달리 특이했다. 다른 비석과는 달리 거대하고 덜 다듬어졌으며, 십자가 주위에 장식이 달려 있는 것 등이 특이했다.

1950년 6.25사변으로 서울을 점령한 인민군이 소련군 고문관의 사수에 의했는지는 알 수 없어도 유독 이들의 비석에만 총탄을 퍼부어 지금까지도 흉물스럽게 그 잔영이 남아있어 역사의 유전과 사상의 참극을 보는 것같아 처연한 마음이 쓰려 왔다.

옛날 왕조시대에 이미 죽은 자라 할지라도 대역죄의 혐의가 탄로나면 무덤을 파고 능지처참(부관참시)한 예는 있어도 현대의 사회, 특히나 무신론을 신봉하며 유물사관에 길들여진 공산주의자들이 이토록 잔인하게 행동하다니 이는 정녕코 현대판 '부관참시(部棺斬屍)' 였다. 그것도 수만리 이국으로 흘러와 묻힐 곳조차 없었던 유랑의 민족 백계 러시아인에게 사후의 세계도 이렇듯 꿈속이 사나웁구나 생각하니 6.25가 남기고 간 뼈아픈 흔적들이 이토록 깊고 넓게 자리잡은 것을 볼 때, 그 처참했던 전쟁의 비극이 아직까지도 끝나지 않았구나 하는 생각으로 긴 호흡과 함께 몸서리쳐 왔다.

그 옆 지척지간에 있는 묘석이 새로이 단장되어 있어 유심히 살펴보니 이는 해방 이후 1949년 8월 11일 영결식 때 제막된 '헐버트 박사' 의 묘비이다.

당시 대통령이던 이승만 박사가 친필 묘비명을 쓰기로 예정되어 있었으나 건국 초기의 어려움과 다음해 일어난 6.25사변의 와중에서 새겨 넣지 못한 채 50년 동안 공백으로 남아있던 자리에 그분의

50주기를 맞이하여 현직 김대중 대통령의 휘호를 받아 묘비명을
새겨 넣게 된 것이다.

　한국인보다 한국을 더 사랑했고
　자신의 조국보다 한국을 위해
　헌신했던 빅토리아풍의
　HOMER B. HULBERT

로 새겨져 있었다.
　현재 쓰여 있는 500여 기의 무덤 중에는 종교에 관계된 한국인의
묘도 더러 있는데 전형적인 봉분으로 치장되어 있어(되레 이질감이
드는) 아이러니컬한 생각마저 든다.
　어떤 연유이든 간에 자기가 태를 받아 성장한 모국을 떠나 수억
만리 이역땅 한강의 물소리가 조용히 들려오는 양화진(楊花鎭) 기
슭에 안장된 넋들이게, 부디 평안하시길 바라는 명복을 빌면서 발
길을 돌리는 뒤로 늦여름을 아쉬워하는 매미들의 울음소리가 지
천으로 흩어져 왔다.

목련송
(木蓮頌)

하마 그날이련가
하늘과 땅 사이에 화사하게 피어난 너로 해서
봄은 그토록 수줍어 말을 잃고
밤은 시간을 멈추던 날
천사의 나래가 곱게 드리운 듯
그렇게 피어난 너의 자태는 바라보는 눈가에 이슬이 맺히고
향기에 젖은 가슴은 황홀에 젖어 숨쉼을 멈추었나니
꽃이여, 아 목련이여
별빛이 이슬이 되어 소담한 자태 위에 소리없이 내리면
깊은 사유는 물처럼 흘러 자욱히 안개가 되고
눈 시리게 아름다운 백설 같은 자태는 그대로 천사여라.
세세년년 피고 또 피고

전설을 머금은 꽃말은 하늘을 날아 무지개로 채색되어
가슴과 가슴으로 이어지면
세상은 온통 사랑으로 꽃 피울지니
목련이여 영원하여라.

어느 날인가
사월의 지평 위에 아지랑이 자욱히 흐르면
잎새 하나 없는 꽃봉오리 하늘로 오르고 물오른 나뭇가지에
풍요가 깃들듯 白冠은 아홉잎 거느리고 봄날을 수놓더이다.
낙화유수이던가 흐드러지게 핀 꽃잎이
바람에 날려 지천으로 흩어지면
아쉬운 마음에 봄날은 가고
그리하여 세월의 흐름이 잠시 머물다 간 대지 위에
봄비가 내리면 꽃은 또 어디로 떠나야 하는가?
처연한 뒷 모습에 눈길을 거두면 꽃잎은 바람을 안고
생각의 언저리를 맴도나니
목련이여 아름다워라

혹한의 三冬
그 인고의 세월을 견디고 裸木의 등걸 위에 정겹게 피어오르면
선녀이런가 순백의 꽃잎은
순결로 치장하고 아무것도 가릴 것 없는
고고한 위엄으로 내 여기 봄을 동반해 왔노라고.

마음 깊이 간직한 사랑의 씨앗은
눈물의 토양 위에 침묵으로 뿌리 내리고
외로움에 길들여진 꽃잎은 시리도록 아픈 하이얀 넋으로 남아
우러러 하늘에 통곡하나니
어느 세월에 안주할 터전에서 숨 고르며 살아갈 건가
혼연히 왔다가 아낌없이 순백으로 피어나
미련없이 순수로 돌아가는 꽃이여 길이 각인하리니
목련이여 거룩하여라.

태초에 꽃이 피어 온 천지를 아름답게 장식하더니
만화방초라 일렀던가
앞 다투어 색상과 모양새를 시샘해 뽐내는데
오로지 원초적 미색 하나로
치장은 멀리하고 고요히 단장한 너 목련으로 해서
세상은 참으로 빛나고 아름다웠어라.
너그러운 꽃 사슬로 모든 걸 품에 안고 감싸고 드는
그 사랑 그 자비 견줄 데가 없어라.
자욱히 내리는 이슬로 씻어내고
청아한 솔바람으로 신비를 잉태하나니
거룩할 손, 바람에 실려오는 소리는
이 가슴 저미는 영혼의 소리인가
그 누구도 범접 못할 신비의 영역에
때맞춰 피고 지는 겸손한 役事는

참으로 고결하고, 다소곳이 자리한 품위는 聖花로 매김되어
그 품격은 하늘로 높이 오르나니
목련이여 성서로워라.

희망찬 봄동산 경건한 신전으로 치장하는 꽃빛보다 더 맑은
울음은 어디메서 들려오는가
목련꽃 피는 동산에 행여나 달이 뜨면 어이 할 건가
울음도 그쳐 버린 화석의 내공에 어둠을 밝히며 돋아나는
흰색의 조화여
광활한 허공, 그 여백에 숨겨진 사랑으로 산화되어 가는
성서로운 흰빛이여
참담한 고독에 견딜 수 있는 진정한 힘은
목련이여 어디에 있습니까?
섬광처럼 스쳐가는 눈빛 속에
머무를 수 없는 슬픔일랑 숙명으로 치장하고,
그래도, 나 여기 있음을 자위로 위안할 때
해맑은 목련 웃음으로 화답하누나
親和의 思惟 속에 연륜의 두꺼움을 느끼면
이렇게 세월만 가게 하는가?
목련이여 사려 깊을지니

얼마나 외롭고 순수하길래 하얀 피를 쏟아내며 피어 있는가?
봄바람에 떨어져 내리고서야 자유로와지는 꽃잎으로 해서

밤마다 울음 우는 사연은 무거운 침묵으로 화석이 되어
하마 천년을 지키리라.
뒤척이다 잠 못 이루는 밤
가만히 눈 감으면 살포시 다가와 피어나는
흰 꽃은 할 말일랑 아예 접어두고 웃음으로 반기다가
눈뜨면 조용히 멀어져 가는 꽃이여
평화로운 밤 살아온 기억들이 하나둘 꽃잎처럼 쌓이면
그 귀함을 무엇으로 소담히 쓸어담아 고이 간직할까
마음에 담아두기엔 너무도 두려운 꽃잎이기에
슬픔이 묻어나는 흰 빛깔을 붉은 심장에 처연히 담아놓고
통곡의 벽을 두드리라
찬란하게 쓸쓸하고 눈부시게 행복한 꽃
목련이여 하늘이 눈부시다.

바람 따라 멀리 간 꽃잎을 그리워하며
야삼경에 불러보는 천 번의 외침이 하늘에 닿았는가
몽롱한 꿈속에 뚜렷이 나타난 목련이여
반기며 노닐다가 아쉽게 깨어난 후에도
그렇게도 기쁨이 가득한 것은
가슴에 새겨둔 거룩한 영상이 생각을 멈추게 함이어라.
언제나 놓치기 아쉬운 봄 이야기를
"가을 바람에 풀벌레 슬피 울 적에
외로움에 그대도 잠 못 이루리"

꽃잎의 노래 소리 들으면 내년 봄 다시 필 목련을 기다리며
죽음처럼 침묵으로 살아가야 하는가
내 영혼의 아픔을 딛고 피어난 꽃이기에
가슴을 헤집고 피 흘리며 감싸노라
아물지 못하는 상처로 해서 긴 고뇌의 밤이 적요하게 찾아와도
하늘의 별빛은 축복의 빛을 밝히는 밤
목련이여 길이 빛나라

봄비가 개이고 목련이 화려하게 피어난 날
때 맞춰 보름달 만월이 뜨면 어이 할 건가
하이얀 꽃잎이 달빛을 머금으면
이토록 아름다운 조화는 신비의 극치려니
꽃중에 꽃이어라
곱게 피었다 지면 떨어져 밟히고
흙에 묻히는 聖俗이 교체되어도
태연히 그 길을 가는, 그리하여 내년을 기약하는 찬란한 의지는
炎凉 세태를 슬기로 넘나듦이라
순하디 순한 겉 모습에서 유순함이 넘쳐 흘러도
슬기로운 마음의 줏대 옹골차게 지키어도
온화한 위엄 꽃향기처럼 빛난다.
그 빛을 보노라면 스스로 분해되어
산화되는 아련한 느낌에 젖어드는 것은
부여잡을 수 없는 환영으로 해서 더더욱 슬퍼지고

계절의 조화가 돌이킬 수 없는 공허로 자리 매김하면
꽃은 또 내 가슴 속에 조용히 뿌리 내리는가
목련이여 신비로워라

목련, 그대를 위하여 비워논 공간이 너무 넓어
비바람 온통 휘집고 돌아가는 휑하니 뚫린 동공 속에
세찬 바람은 잠들 줄 모르고 그 아픔으로 잉태된
그리움은 하얀 꽃으로 피어 고독으로 자리잡았습니다.
이젠 피할 수 없는 무게로 가슴을 짓눌러 오면
오뉴월 염천에도 한기를 느끼는
그리하여 나는 서럽습니다.
아름다움이 우리를 구원하리라는 신념을 키우며
꽃을 피우는 마음이
평온해지면 눈물 짙은 향기를 취하도록 맡아 봅니다.
저만치 가까이 다가오는 목련이 있기에 세상은 늘 고왔고
멀리서 바라보는 귀함으로 해서 삶의 의미가 살찔 때
하얀 수맥이 얼마나 깊게 자리잡았길래
조용히 외경을 속으로 다독이며
바라보는 이의 가슴에 전달하고픈 슬픈 전설을
밤 새워 외워 봅니다.
목련이여 향기로워라

선녀 같은 몸짓과 동자승 같은 웃음으로

천사같이 다가온 목련이여
숨겨진 거룩한 뜻은 木蘭이라 하였던가
밤안개 짙게 드리운 몽환적 정경이 펼쳐지면
밤잠을 잊고 그 속에서
몽유하고픈 충동에 젖어 밤을 지새노니
강렬한 흰빛은 내 몸에 스며들어
핏빛마저 하얗게 바뀌지는 감미로운 환상에 젖어든다.
삶의 겸손함과 사랑 이야기의 깊은 울림이
맑고 그윽한 색상으로
온통 천지가 흰색으로 치장하면
공허함을 극복한 안온한 마음이 정겹다.
하얀 색감에서 전이되어 온 차가움이
시간이 지나 따스하게 느껴질 때
모든 걸 잊고 또 버리리라.
삶의 지표는 어디메에 두는가
진정코 뜨거운 가슴으로 말하노니
목련이여 사랑하노라

행주산성과 비

(雨)

일산 신도시(新都市)가 조성되어 입주하는 첫 해부터 나는 풍진의 서울을 홀홀 벗어 던지고 일산으로 이주하여 본적지까지 옮겨서 이곳에서 살고 있다.

초창기에는 일산으로 가는 길목인 난지도의 단장이 덜 된 터라 오물 냄새, 먼지 등을 피하느라 차창 문을 꼭 닫고 달리던 터였는데 이젠 산뜻하게 단장되어 왕복 10차선의 자유로가 한국의 '아우토반'으로서 한때는 젊은이들의 자동차 질주도로로 악명을 날렸으나 이제는 무인속도 탐지기의 가설(架設)과 인식의 변화로 차츰 안정되어 쾌적한 분위기로 오갈 수 있어 살기 좋은 고장으로 탈바꿈되어 가고 있다.

나는 아침 저녁 이 길로 출퇴근하면서 한강 하류변에 자리잡은 행주산성의 위용에 대하여 많은 생각과 실체를 체험하게 되었다.

한때 수도권의 온갖 생활쓰레기를 야적하여 생성된 인공산 난지도를 지나면 저만치 10리 상거한 한강가에 터잡은 행주산성이 시야에 들어온다. 그 규모는 비록 작지만은 그 속에 담겨 있는 역사적 사실(史實)과 비중으로 우리 민족에 회자(膾炙)되어 있는 행주산성, 그 숭고한 얼로 해서 항상 경건하게 우러러보며 지내오면서 한 가지 특이한 자연현상을 지켜볼 수 있었다.

다름 아닌 비였다.

여름 장마철이면 어김없이 나타나는 현상으로 일산이나 서울에는 비가 오지 않는 터인데도 행주산성 근방 3km 지점 내에만 빗방울이 쏟아지는 것이었다. 그곳만 지나치면 멀쩡하게 비 한 방울도 오지 않는 것이었다. 처음 몇 번은 우연으로만 생각했는데 5년여 동안 지나면서 일년에 수차례씩 이런 현상을 목격하고부터는 하도 신기하여 유심히 관찰하게 된 것이다.

오늘 아침나절에도 이런 현상을 접하고 보니 다른 차원(次元)으로 생각이 기울어지는 것이었다.

'임진왜란과 행주산성.'

선조 25년(1592) 4월 부산포에 왜군 20만이 침입함으로써 임진, 정유재란까지 7년의 전쟁은 시작되었다. 처절한 전쟁 중에서도 나라를 구할 수 있었던 것은 우리 민족의 한없는 저항정신과(의병으로 봉기) 탁월한 이순신 장군의 한산대첩, 김시민 장군의 진주성항쟁, 그리고 이곳 권율 장군의 행주대첩으로 요약되는 임진왜란 3대첩으로 일컬어 온 승리가 있었기에 가능했던 것이다. 그 전공에 빛나는 행주산성은 그 당시 고양 땅 덕양현 소재 덕양산(德陽山) 기늪에 자리잡은 조그만 요새였다.

산의 높이래야 불과 124.5m에 지나지 않지만 이곳이 지닌 역사성은 비할 데 없이 큰 것이었다. 누란의 위기 속에서 구국승전의 계기가 되었던 행주대첩은 행주치마라는 역사의 소산물과 함께 어린 시절 교과서에서 배워 읽고 한없는 자긍심을 불러 일으켰던 성지가 아니었던가?

삼천리 강토가 초토화되고 종묘사직이 풍전등화와 같이 위기에 처하였을 때 조정에서는 명나라에 구원을 청하여 이여송 장군이 4만의 군사를 이끌고 압록강을 넘어 평양성을 공격 탈환하고 그 여세를 몰아 서울을 수복하고자 하였으나 서울 북방 벽제관 전투에서 왜군의 복병에 패하고 보니 조야가 크게 실망하고 있을 즈음 선조 26년 2월 우리의 자랑스런 권율 장군은 우리 군대만이라도 서울을 탈환코자 이곳에서 관군과 승병 등 2300여 명을 집결시켜 토성(土城)에 목책을 치고 전투를 준비하고 있었으니 이곳이 바로 행주산성인 것이다.

우리가 행주산성을 찾아갔을 적에는 우선 산의 규모가 적고 남쪽의 가파른 한강변 말고는 질펀한 고양 들판에 연하여 고립되다시피 형성된 이 산성이 과연 많은 적군과 대치할 수 있는 전략적 요새였던가? 하는 의구심이 앞선 것이 사실이었다.

이 행주산성의 전공으로 도원수가 되어 전군을 통솔하게 된 권율 장군으로서는 서울을 탈환하기 위한 배수진으로써 죽음을 각오하고 이 산성을 택할 수밖에 없지 않았던가? 하는 생각도 들었다.

우리나라는 백두대간(白頭大幹)으로 이어져 오는 산맥들로 굽이 굽이 험준한 산과 계곡으로 이루어져 있어 천혜의 요새라 해도 과언이 아니다.

6.25전략사에는 이러한 한국의 지형 때문에 탱크의 실전적 위력을 과소평가하여 초창기에는 이의 대비책이 전무하다시피 하여 북의 탱크를 앞세운 선제공격에 초토화된 쓰라린 경험이 있는 터인데, 이런 점들을 머리에 새기면서 비록 군 전략면에서는 문외한이지만 평범한 눈으로 볼 때 소수의 군대로 공격해 오는 대군을 지킬 만한 요새는 못 돼 보이지 않는가?

그러나 바로 이러한 불리한 여건이 승리를 쟁취할 수 있는 역설적인 동기로 작용한 것이니 쉽게 함락하리라 생각한 일본의 장수 '우키다 히데이에(宇壽多 季家)'가 지난날 독산성에서 권율 장군에게 패했던 치욕이 있어 설욕의 기회가 왔다고 판단하고 7개 부대 3만여 명을 이끌고 공격해 왔던 터이다. 접근이 용이한 서북쪽 능선으로 왜군이 공격하리란 예상하에 토성을 굳게 지키고 그 위에다 목책을 두 겹으로 설치하여 혹 있을지도 모르는 화공에 대비한 소방용수와 시야를 가려 공격을 차단하기 위한 잿가루를 준비하여 대비케 한 결과 전대미문의 승리를 쟁취하게 된 것이다.

이때 자진하여 참여한 가근방의 부녀자들이 치마를 걷어붙이고 돌멩이를 날라와 투석전에서 승전에 한 몫 한 결과로 오늘날 '행주치마'라는 의미 있는 유산을 남겨 찬란한 역사의 장을 장식함이 아니었던가?

나는 어디서 그런 돌이 날아왔는지 의문이 들어 몇 번 현지에 가

보고 관리소 직원에게 문의한 결과 현재 이용하고 있는 아래 주차 장터의 원래 지명이 맨돌(전부돌이라는 뜻)이었고 산성 아래 동쪽 지명이 잿골로 불리어 오고 있는 것을 알았다.

그뿐만 아니라 6.25사변시 한미 해병대가 인천상륙 후 최초로 한강을 넘어 서울 탈환의 교두부로 확보한 곳이 이곳이어서 현재 한미해병대 도강 기념탑이 산성 입구 언덕빼기에 세워져 있다.

아무튼 행주산성 주변, 정확히 말해 덕양산(德陽山) 주변 7km 이내엔 이렇다 할 산이 없고 또 연결된 구릉조차 없는 터여서 강변에서 생성되거나 응집된 구름의 집결이 덕양산에 걸려 있는 때가 많았다. 비의 생성과정과 기상변화의 과학적인 논거는 차치하고서라도 순박한 백의민족(白衣民族)의 아녀자들, 소수의 관군과 승병으로 잔인무도한 왜군에 대항하여 싸울 때 얼마나 많은 피와 땀을 흘렸으며 절치부심한 한은 얼마나 산성 주위에 쌓였겠는가? 돌더미와 잿더미와 함께 말이다.

티눈처럼 박혀 있는 돌멩이 하나 하나에 구국의 정성은 알알이 영글어 비바람 풍진 세월 410여 년을 지나오면서 지켜보고 있는데 오늘에 사는 우리 후손들은 아무런 반성과 감회없이 행락의 터전으로만 삼아 지엄한 역사의식을 상실하고 있는 것이 안타까워 각성하라는 경종으로 유독 이곳에서만 영험한 빗줄기를 뿌리고 있는지 모른다.

행주산성이여, 이젠 조용히 잠드소서―.

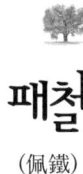

패철
(佩鐵)

나는 중학교 2학년 어린 시절에 패철을 만지작거린 적이 있다.

패철이란 원래 지관이 몸에 지남철을 지님이란 뜻을 가진 이름씨인데 통상 그 물건 자체를 패철이라 일컬어 왔다.

그 당시 어린 소견에는 요지경 같은 물건이라 한때 심취하여 그 원리와 용도를 이해하려고 나이에 걸맞지 않는 노력을 기울인 때가 지금에 와서 가끔 생각이 난다. 한국 풍수지리학의 태두 도선(道詵)으로부터 면면히 이어져 내려온 풍수 사상은 우리 백성의 정신세계 일면을 지배해 온 터라 그 사상의 밑바탕에는 기복의 신앙이 자리잡아 온 것이 사실이다.

이의 도구로서 패철은 절대적 수단이며 지관 신분을 상징하는 것 같아 조금은 외경의 심정으로 대했던 생각이 난다.

내가 패철을 만진 동기는 이렇다. 조부님의 손아래 막내동서 되시는 조접장(趙接長, 서당 선생) 어른이 우리 시골 근동에서는 타의 추종을 불허하는 한학자로서 작명은 물론 관혼상제(冠婚喪祭) 시의 대소사간에 예의범절을 가르쳐주는 규범 같은 존재로서 그 어른의 신세를 지지 않은 분이 없었거니와 분쟁의 여지가 있는 송사 같은 일들에도 명쾌하게 판단하여 주어 다들 두렵게 대하는 처지였다.

이분의 슬하에는 7공주만 있어 다들 출가시키고 두 분 내외만 살고 계셨는데 우리 집과는 5리 정도 상거한 거리에 있었는데 단 두 집만이 외진 들판 가운데 있는 터라 집 주위에는 대나무 숲으로 둘러싸여 있어 집안이 들여다보이지 않거니와 뜰안에는 기화요초가 가꾸어져 있고 단감나무 등 수목이 꽉 차 있어 조금은 신비스런 영기 같은 감을 불러 일으키고 있었다.

어린 시절 조부모님의 산소에 성묘하러 갈 때면 그 어른 댁을 지나치게 되니 항상 들러서 할머니의 극진한 사랑도 받고 철 이른 단감도 따주어 성묘시 제물로도 사용하곤 했다.

또 우리 집에서 귀한 음식이 생기면 내가 심부름을 도맡아 하기 때문에 사랑도 받고 간혹 낚싯대가 필요하다든지 놀이용 포구 총을 만들기 위해 '시누대'를 얻기 위해 방문하면 아무런 기념(忌念) 없이 베어 가도록 허락해 주어 무상으로 드나들어 귀염도 받고 때론 응석도 부리는 처지였다.

지금 생각해 보면 슬하에 대를 이을 적자가 없어 적적하던 참이었는데 거리낌 없이 다가온 친척 손주(손자의 친근한 말) 녀석에 대한 배려가 아니었나 생각된다.

그분은 일찍이 한학에 전념하여 사서삼경에 통달하고 주역 등을 섭렵하여 세상사를 뚫어보는 형안을 지녔다고 많은 사람들이 이야기하고, 또 그분의 휘하에 어린 시절 서당에서 한문을 배운 아버님의 말씀에서도 익히 들어 나의 어린 시절에는 도사 같은 분으로 여기고 있었다.

한문뿐 아니라 한글도 일찍이 해득하여 양자 문제로 파생된 불편한 심기를 달래느라고 자전적 신변잡기로 쓰신 '불개사계화의 애사'(不開四季花의 哀史)란 글을 써서 나에게 보이면서 울적함을 달래곤 하였다.

그 당시 사회상이 혼란하여 유언비어가 난무하고 조그만 사단이 생겨도 침소봉대하여 구전되는 실정이라 접장님의 주변에서는 늘상 신비감이 감돌아 풍채(風采)와 몸가짐이 근엄하여 외출시 맑은 날에도 대 삿갓을 쓰고 다녀 함부로 범접하지 못하는 처지였다.

나도 그 분이 8.15 해방되는 것과 6.25의 참사를 예언했다는 말씀을 아버지께 들은 바 있어 주역을 통달하면 다가올 미래를 내다볼 수 있는 예언자가 될 수 있구나 하는 생각으로 신통한 공부를 하고픈 생각이 들 때도 있었다.

풍수지리에도 밝아 직업적으로는 하지 않지만 손 아픈 처지에 있는 사람이 간곡히 부탁하면 금전을 떠나 묘자리를 잡아주는 지관으로도 행세하여 영험하다는 세평을 들어 서로 앞다투어 모시려 해도 건강(고령)을 핑계 삼아 잘 응하지 않았다.

슬하에 대를 이을 자식이 없다 보니 지니고 계신 패철과 지식을 전수할 사람이 없어 항상 이를 아쉬워하던 차에 무상으로 드나들던 나를 몇 년간 유심히 살피다가 중학에 입학하여 한자와 세상의 물리를 조금은 깨우칠 만하다고 판단되었는지 하루는 나를 불러 대강의 설명으로 패철의 이용도와 살필 수 있는 오묘한 지리의 이치를 설명하면서 당신이 지닌 학문적 비법을 나에게 가르쳐 주고 싶다면서 나의 의향을 조용히 묻는 것이었다.

그 시절은 6.25 이후의 어수선한 상태였고 그렇지 않아도 신묘한 학문에 접근하고픈 호기심이 많은 나이인지라 앞뒤 돌볼 겨를이 없이 도사 앞에 꿇어앉은 동자 같은 자세와 심정으로 감사의 예를 올리고 그날 초보부터 배우기 시작하였다.

시간이 나는 대로 방과 후 찾아가서 패철의 원리와 방위의 개념 등 기초적인 것들을 배우고 보니 재미도 있고 하여 학교 공부는 뒷전으로 소홀히 하고 같은 또래의 다른 아이들이 감히 접해 볼 수 없는 오행과 육갑 집는 법에 접근해 보니 세상사는 철리가 이 속에 있는 듯하여 심취하게 되었다.

학교와 집에서는 일체 함구하고 다녔기 때문에 아무도 모르고 있었는데 우연한 기회에 아버지한테 들키고 말았다.

내 책상 서랍에서 육갑, 간지계산표, 오행운행도표, 월건(月建) 보는 법 등과 함께 청룡(東) 백호(西) 주작(南) 현무(北) 등의 기록을 보시고는 대경실색하여 조용히 덮어두고 나가셨다가 이후 나의 동태를 주의 깊게 살펴보신 모양이었다.

방과 후 조접장 댁에 가는 것과 그곳에서 앞에 열거한 공부를 하고 다녀서 자연히 학교 공부는 뒷전이란 걸 아시고는 어느 날 나를 불러 앉히고는 준엄하게 타이르는 것이었다.

　세상의 변천과 시대의 흐름, 사상의 변화 등 당신이 지니고 계신 지식과 살아온 지혜를 총동원하여 설명하시면서 구태의연한 학문에 집착하면 아무런 발전이 없다는 것을 말씀하시면서 그런 종류의 학문과 지식을 업으로 삼기에는 세상은 너무도 빨리 변하고 있다는 것을 설명하면서 오늘 이후로는 절대로 조접장 댁 출입을 금하고 학교 공부에 전업하라는 엄명을 내리시는 것이었다.

　나의 명확한 답변을 듣지 않고는 결코 일어서실 분이 아니라는 것을 알기 때문에 나는 결국 강압과 설득에 굴복하여 도선 이후의 풍수지리학의 거목으로 대지관이 되는 꿈을 접고야 말았다.

　그 후로 금기시 되어 온 패철을 꼭 한 번 잡아본 경험이 있다. 그것도 아버님의 지시로 말이다.

　큰댁 종형이 타계하시어 장례식에 참석하여 매장하는 과정에서 생긴 일이다.

　백부님은 한국 기독교 백년사에 나오는 인물로서 종형 역시 기독교 장로인 까닭에 나는 뒷전에서 의식만 바라보고 있었다. 무덤을 파고 하관할 즈음 가만히 계시던 아버님이 버럭 고함을 지르면서 중지시키는 것이 아닌가. 집안의 최고 어른이신지라 아무도 말을 못하고 쳐다보고 있는데 말씀인 즉 좌(座)를 보지 않고 그냥 묻으면 되느냐고 질타하시면서 당신이 지니고 있던 패철을 꺼내시면서 뒤에 서 있던 나를 부르시며 패철을 건네시고 당신이 부르는 대로 좌를 잡으라고 분부하신다. 집안의 수장이 하는 터라 많은 기독교인도 말을 못하고 지켜보고 있는 가운데 엉겁결에 나는 옛날의 기억을 더듬어 패철을 잡았다.

그렇게도 만류하시던 아버님이신데 막상 그런 상황에서는 그럴 수밖에 없는 처지임을 많은 세월이 흘러 간 지금에 와서야 이해할 것 같다.

어떻게 보면 길흉화복도, 천하의 길지 명당도, 한 줌의 부토로 사라지고 나면 다들 부처님의 자비 속에 드는 것인데 개시허망(皆是虛妄)이라 세상사 무심할지고.

지덕을 손박(損薄)해서는 절대로 복을 받을 수 없다며 이것이 바로 풍수의 요체라시며 가졌던 비전을 전수하려던 그 어른도 가고, 이를 극구 만류하시던 아버님도 떠나시고 이젠 세월이 흘러 냉엄한 섭리는 내 차례가 되고 보니 세상사 덧없음과 인생의 부귀영화를 바라는 기복신앙이 부처님의 자비 앞에는 얼마나 무력한 것인가를 생각하며 흘러가는 구름 앞에 처연히 서 있을 따름이다.

중국 기행

    중국과 우리나라가 수교한 지 얼마 되지 않는 1990년대 중반에 나는 중국 산동성 제남시 당국의 초청을 받아 양국간 호텔 자매결연을 위하여 중국을 방문하였는데 그때 나는 한국 민간호텔의 총지배인 자격으로 방문하게 된 것이다.

    비록 민간 레벨의 결연이지만 아마 내가 알기로는 수교 이후 최초의 결연인지라 상당히 긴장도 되고 하여 들뜬 기분으로 갔다.

    사실 중국 여행은 처음이라 가슴 설레고 흥분이 되어 차분히 중국 여행을 준비할 여유를 가지지 못하고 그저 평소 아는 상식 범위 내에서 마음으로만 준비한 터였다.

    언제나 여행은 즐거운 것, 미지의 세계에 대한 신비감과 잠자는 역사의 숨결에 살포시 접목해 보는 자아의 세계관이 새롭게 태어나는 생명체 같은 감격으로 마음을 전율케 하기 마련인데 평소 내

가 문헌으로 익혀 온 중국의 역사와 유적 등을 탐방하기에는 시일
이 너무 촉박한 관계로 그야말로 주마간산격으로 둘러본 터이지
만 몇 가지 잊혀지지 않는 곳은 산동성에 있는 영암사(靈岩寺)를 찾
아본 일이다.

중국 고대 4대 사찰 중 한 곳인데 그곳엔 부도지로선 으뜸이란
설명을 듣고 흔히 볼 수 있는 부처님의 상보다 그 주변에 실물크기
로 조각되어 설치한 불제자들의 조각상이 유달리 시선을 잡았다.

실핏줄까지 조각된 정교한 인물상이었다.

그중 유독 한 조각상만은 내장(內臟)이 장식되어 있었던 것을 몇
년 전에야 비로소 이를 알고 천년의 신비를 해체하여 본 조각상 앞
에 별도의 내장상을 전시한 것을 보고 신비로움에 감탄하지 않을
수 없었다.

수많은 부도군 중에 고승들의 부도가 즐비하였는데 유독 한국인
의 부도만이 없어 일찍이 중국으로 건너간 우리의 승려들은 어디
로 가서 수행했는지?

일본의 승려 부도를 보고 느낀 바이다.

중생의 고뇌를 밝혀주는 불교의 세계, 인류 자신의 근원적 실체
속의 정체를 밝히는 과정은 현대적 두려움이 되어 중국인의 심오
한 지혜를 보고 한 편으로는 두터운 동양의 정신세계를 지배해 온
불교의 깊이를 외경의 심정으로 둘러보았다.

다음으로 찾은 곳이 태산이었다.

태산은 우리 한국인에게는 실체보다도 과장되어 어린 시절부터
우리 뇌리에 깊이 박혀 있는 명소이다.

"태산이 높다 하되 하늘 아래 뫼이로다"로 시작되는 양사언의 시조를 통해 익히 알고 있는 처지라 꼭 보고 싶은 곳이었다.

높이와 웅장함에 있어 결코 타의 추종을 불허할 만한 곳이 아닌데도 어이하여 이렇듯 널리 알려졌는지 의아한 마음으로 살펴보니, 거기엔 중국인의 동방사상이 깃들어 있음을 알 수 있었다.

고대 중국의 동방에서 제일 높은 산으로 제왕(천자)이 하늘에 제사를 올리던 곳이기에 역사성과 함께 신성시 되는 곳이었다.

그로 인해 해외에 있는 화교들이 살아생전에 한 번 오르기를 소원하는 곳이 태산이다. 산정에는 역대 중국의 수많은 황제들의 공덕비가 즐비하게 서 있는데 유독 중원 대륙을 통일한 진시황제의 비면에는 깨끗하게 면백이라 동행한 중국측 안내자의 설명은 적공이 너무 많아 인필로는 다 기록할 수 없다는 설과 적악이 너무심해 비워 두었다는 양론이 있어 후세의 평가는 참배자의 몫이어서 역사가 있는 한 영원히 평행선으로 남겠지만 나는 후자에 기우는 터이라 천 수백 년을 서려온 적요함이 처연할 따름이다.

세계 4대 성인의 한 분이신 공자의 고향인 곡부를 찾으니 공자의 73세손인 곡부의 여유국장이 반갑게 맞이하여 주신다.

관광청 현판에 '有朋自遠訪來 不亦樂呼'(유붕자원방래 불역낙호/ 벗이 있어 먼 곳으로부터 찾아오니 어찌 기쁘지 않으랴)는 논어의 첫머리에 나오는 글귀가 걸려 있어 동양의 정신사상을 지배해 온 유교의 유원한 뿌리를 가름할 수 있어 아무리 모택동시절 홍위병 사건으로 역사성을 피폐하게 하였어도 의연하게 지켜온 유교의 뿌리를 실감하게 하였다.

우리 일행에게 특별히 비전되어 온 공자 가문의 전통 예식에 따른 음식을 대접받고 보니 감격과 더불어 이들이 얕잡아본 동이족의 후예가 받은 환대가 격세지감이 들어 기쁘기 한이 없었다.

세계 3대 문명 발생지인 중국, 그 역사의 젖줄인 황하의 황토물에 손을 담가 씻으면서 참으로 많은 생각이 교차되어 중원의 하늘을 보는 시야에 저 멀리 동방의 나라 한국의 모습과 역사가 오버랩되어 왔다.

고모님 우리 고모님

우리 고모님은 참으로 어질고 참으로 훌륭한 분이시다.

그토록 친정집 조카들을 알뜰살뜰 살펴주시며 사랑해 주신 분은 아마 이 세상에 드물 것이다. 친 고모도 아니면서 말이다.

어느 날 오후 학교를 마치고 집에 돌아와보니 큰방 한 편에 고모님이 말없이 앉아 계신다. 보자마자 "우리 새끼" 하시면서 쓸어안고 다독거려 주시던 고모님이신데, 눈길에 초점을 잃고 멍하니 앉아 계시다가 "이제 학교 갔다 오니" 하시고는 천정만 바라보고 있는 모습이 퍽이나 안쓰러워 보인다.

왜 저러실까? 우리 집에 오시면 이것저것 참견하시며 일을 도와주시고 가지고 온 먹을거리를 우리들 조카들에게 먹이느라고 분주하신 분인데. 우리 친 고모님은 아버님의 손위 누이로서 우리 집과는 오리 상거한 마을로 시집을 가 시골에서 한량 소리를 듣는 고

모부를 모시고 살면서 아들 오형제를 낳고 기르시다가 막내를 낳
자 마자 내가 어린 시절에 돌아가셨다. 그래서 고모님의 모습도 희
미하며 사랑도 받아본 기억이 별로 없다.

시골 대가의 살림도 있고 어린 자식들을 건사해야 할 처지인데
근동에서는 마땅한 사람이 나타나지 않고 거기다가 살림살이는
뒷전으로 하고 한량기질로 동분서주하는 분이신지라 누구 하나
선뜻 나서서 중매하는 사람이 없었다.

보다 못한 우리 집 친정 쪽에서 어린 조카들의 안위를 걱정하여
새로운 고모를 구하는 중매를 서둘러 우리 큰집에서 사랑도란 곳
에서 사람을 구하여 고모부와 새 고모 두 분의 짝을 맞추어 드렸
다.

오시자 마자 어떻게 부지런하고 대소간과의 융화와 남겨진 전처
의 자식들을 씻기고 입히는 데 친 자식 이상으로 처신하여 동리에
는 칭송이 자자하고 우리 집에도 괘념 없이 드나들어 잘 모르는 사
람들은 아무도 개가해 온 분이라고 알지 못하였고 우리 집에서도
내 밑으로 동생들은 아무도 새 고모인 줄을 모르고 지냈다. 아무도
새 고모임을 말하지 않았고, 또 고모도 너무나 우리들에게 어느 친
고모보다도 더 다정하게 대해 주셨는데 아마 돌아가신 후 장례 지
낼 때까지 그랬던 것 같다.

고모 댁에서는 우리 고장에서는 제법 사는 집에서 하는 죽방염
(붙박이식 어장)을 하고 있었기에 하루 두 번씩 물(고기 잡는 것)을
보고 난 후 제일 좋은 고기는 누가 뭐래도 삼촌댁에 갖다드려라 하
고 보내서 아마 아버님 밥상에는 고기반찬이 거의 떨어지지 않았

다. 이는 거의 새 고모님이 하신 일이다.

그런 고모님이 오늘 우리 집에 오게 된 것은 다름이 아니라 위 큰자식들이 서로 다투며 새어머니 말을 잘 안 듣고 집안에 분란을 일으키니 동네가 부끄럽고 자칫 잘못 나무라면 계모 티를 낸다는 소리를 듣게 될 것 같아 "너희들이 그렇게 싸우면 나는 더 이상 이 집에서 살지 않고 친정으로 돌아갈련다" 하시고는 옷 보따리를 싸 가지고 집을 나서서 우리 집으로 오신 것이다.

고모부 댁에서는 야단이 났다. 그렇게 착한 분인데 자식들이 말을 안 듣고 못 살게 굴어 친정으로 떠났다고.

대소사간의 친척들이 모여서 의논하기를 하루 속히 다시 모셔와야 한다고 결론을 내고 새 고모의 친정집이 있는 사랑도에 자식들을 보내게 되었다.

아뿔싸. 이 일을 어이 할꼬 새 고모댁에는 고모님이 오시지 않았고 되려 그 집 식구들이 어떻게 된 사유냐고 묻는 것이 아닌가.

헛걸음을 하고 돌아와서 안절부절 못하고 있을 때 아버님은 새 고모를 가지 못하게 하고 우리 집에서 며칠간 머무르게 하시고는 조카들을 불렀다.

고종 사촌들은 우리 아버님이 외삼촌이지만 어렵고 모든 것을 지도하고 있는 터라 친 삼촌 그 이상으로 모시던 형제들은 기가 죽어 야단맞을 것을 각오하고 들어서는 것이었다.

꿇어 앉혀서 한 식경 야단을 맞고 두 번 다시는 이런 일은 절대로 없겠다고 단단히 약속을 하고 새 어머님 앞에 맹서하는 큰 절을 올리고 모셔가도록 하였다.

마을 사람들은 친정으로 간다기에 돌아가신 망자의 친정에 가실 거란 생각은 아무도 짐작하지 못했다.

슬하에 자기 자식은 두지 않고 오로지 전처 소생들을 감싸고 돌보는 데 일생을 보내신 분이라 늘그막에는 경향각지에 있는 자식과 손자들이 서로 모시겠다고 하여 이 집 저 집에서 번갈아가며 편안하게 지내다가도 며칠 있으면 큰 자식한테 가야 한다면서 돌아와서 농사일을 마다않고 거드니 누구라서 감히 이 분의 깊은 심사를 가늠할 수 있으리오.

이렇듯 사려 깊은 고모님은 오래 사시다가 천수를 누리고 돌아가시니 장례식은 참으로 거창했다.

요즈음은 시골에서도 드문 꽃상여를 특별히 만들어 온 동네가 떠들썩하게 지내드리며 자식들의 통곡이 삼일동안 온 마을을 휘감는 정경을 목도한 친정에서 오신 조카 분들이 감격하여 하염없이 울고 간 일화는 지금도 동리에서 효자보다는 고모님의 인품을 칭송하는 소리가 높다.

고모님 우리 고모님 부디 천상에서 편히 지내십시오.

삼가 명복을 빕니다.

고종 사촌 이야기

고종 사촌 형님은 참으로 순수한 사람이다.

그러나 한편으로는 눈물이 많은 사람이다. 좋게 말해 무골호인이라 남들 눈에는 법 없이도 살 사람이라고 비칠 정도다.

시골에서 일제 강점기에 소학교(지금 초등학교)를 나와 고향의 수산조합에서 서기로 근무할 정도여서 제법 식자를 갖춘 편이다.

6.25 사변이 일어나 정부가 후퇴하여 임시 정부가 부산에 내려와 총력전을 전개할 무렵 적군이 침입하지 못한 지역, 특히 경남 일원에는 징집이 한창때 대도시 거리엔 특수한 신분을 가진 자가 아니면 거의 마구잡이로 군에 징발하여 급히 기초교육을 받고 전선에 투입되기 일쑤여서 자원이 고갈된 상태이었고, 자연 사상자도 많아 군에 가기만 하면 부상하지 않으면 죽는다는 생각이 일반화된 상식이어서 도처에 군 기피자가 많았다.

그 즈음 고종 사촌 형님과 동생 형제가 나란히 징집되어 군에 가게 되었다.

임시수도 부산에 집결된 장정들은 군 당국의 간단한 판정을 받고 바로 훈련소로 가게 되었다.

고종 사촌 형제는 앞뒤로 나란히 판정관 앞에 서서 형부터 합격판정을 받고 뒤로 물러서고 다음 동생이 받을 차례인데 형님은 판정관에게 간곡히 애원했다.

"나는 군대에 가겠습니다. 그러나 뒤에 있는 내 동생은 같이 가면 나이 많은 부모님과 어린 동생들을 돌볼 사람이 없어 굶어 죽게되니 동생만은 돌려 보내 주십시오" 하고는 한없는 눈물을 흘리며 애원했다.

그때 뒤에 있던 동생이 나서서 "아닙니다. 나는 가서 죽어도 좋습니다. 형님이 있어야 우리 부모님은 살 수 있습니다. 나를 보내주시고 형님을 돌려보내 주십시오" 하고는 동생 역시 눈물을 흘리며 애원하는 것이 아닌가?

한 사람이라도 더 뽑아 보내야 하는 판정관 입장에서는 난감한 입장이나 참으로 감격스런 일이라 가만히 눈을 감고 한참 생각에 잠기다가 아무리 나라가 백척간두의 위기에 처해 있다손치더라도 이렇듯 형제간의 우애가 두텁고 효심이 깊어 건성이 아니고 눈물로 애원하는 마당이라 판정관은 "좋다. 둘 다 돌아가거라" 판정하고 돌려보냈다고 한다.

6.25 전사에 기록할 만한 이야기가 아닌가 하는 생각이 든다.

그 후 몇 개월이 지나 계속 전선이 넓어지고 교착 상태에 이르러

인력 보강이 필요한 시점이라 형님이 먼저 군에 징집되고 아우 역시 몇 개월 시차를 두고 입대하여 전선에 투입되어 실전에 참가하였다.

정확한 전선 이름은 몰라도 많은 부대원이 죽고 부상당하여 시골에서 군에 자식을 보낸 집안에는 곡성이 자자할 무렵 휴전이 성립되어 두 분 형제는 제대를 하고 고향으로 돌아왔다. 손가락 하나 다치지 않고 말이다.

부대원 절반 가량이 전사내지 부상당하였는데도 두 형제분이 그렇게 완전한 몸으로 제대할 수 있었던 것을 고향 사람들은 한결같이 조상님이 보살펴 준 음덕이라 칭송하지만 난 어릴 적 두 분 형제애를 듣고는 우애의 덕이라고 생각했다.

그 후로는 평범한 시골 생활에서 그런대로 잘 살아오셨다.

특히나 고종 사촌 동생들인 우리 형제들에게는 사랑과 헌신이 각별하였다.

평소 외숙이신 우리 아버님에겐 절대적으로 순종하는 처지라 누가 뭐래도 친형제 이상으로 지금까지 절친하게 살아오고 있다.

어쩌다 내가 관광업소에 근무할 때 고급 양주를 구해서 한두 병 보내면 이를 자랑하고 싶어 동네 지인들을 다 초청하여 서울 우리 동생이 보낸 것이라 자랑하며 맛이나 보라 하시며 잔치판을 벌리는 터라 되레 손해를 준 바이지만 이를 개의치 않고 기쁘게 여기고 자주 보내주기를 바라는 바이라 나로선 난감할 때가 많았다.

언젠가 서울에 오셔서 우리 집에 묵었다 가시면서 차를 모시고 가는 중에, 사거리에서 신호를 위반한 차량이 우리가 탄 차의 운전석 옆구리를 받은 사고가 있었다.

사고를 낸 자는 여자 운전사였고 옆 좌석엔 어린 아이까지 타고 있었다.

큰 사고는 아니어도 놀란 여자는 울면서 깜빡 정신이 나가서 실수를 했노라고 울먹인다.

이를 본 형님은 예의 그 눈물 많은 정으로 불쌍해서 못 보시겠다고 하시며 그저 용서해 주라고 하신다. 그런 사람이다.

나는 걱정스럽다. 세상을 그렇게 모질지 못하고 물렁하게 살아가면 사람들이 칭송은커녕 모자라는 사람이라고 비방하지 않을까 하는 의구심이다.

팔순을 넘게 살면서도 고향의 향토 맛이 깃든 해산물을 구해 보내주시며 안부를 챙기는 터라 감사하지만 실속 없음이 걱정이 된다. 그러나 그것이 천성이고 성품일진대 돌아가서는 극락세계에 가서 편히 쉬시리라 믿는다.

부디 만수무강하시길 기원 드린다.

은어

(隱語)

"Hi, today is your birthday."

샌프란시스코 공항을 떠나올 때 겪은 일이다

며칠만 있으면 나의 생일인데 언제 그 친구가 나의 패스포드를 보고 이런 인사를 하나 의아해 하면서 답례를 하였다.

조금 전까지만 해도 나와 실랑이를 하던 체격이 건장한 흑인 녀석이 떠나오는 나의 뒤통수를 향해 하는 말이다.

난 조금 전까지의 앙금을 털어내고 손을 흔들며 감사 인사를 하고 비행기에 올랐다.

탑승시 실랑이를 하게 된 동기는 미국에 출장온 김에 며칠간의 여유가 있어 샌프란시스코 근교 노바토에 사는 친구 집에서 며칠 쉬면서 규모가 큰 전자상가에 들렀다가 새로이 시판되는 할로겐 등을 보고 내가 근무하는 호텔에 장치하면 모양도 좋고 밝기도 하거니와 전력소모도 적게 든다기에 샘플로 하나 사서 가져오는 길이었다.

부서지기 쉬운 것이라 그냥 기내에 들고 들어갈 요량으로 탑승하려고 하니 탑승구 입구에서 표를 점검하던 친구가 가로 막으며 핸드캐리(손으로 운반)가 안 되니 수하물로 부치라는 것이다.

이미 출발 시간은 임박하고 거기다가 화물로 수송하려면 포장을 새로이 하여야 하기 때문에 시간상 도저히 불가능하여 통사정을 했는데도 막무가내로 안 된다고 하니 참으로 난감하여 부득불 책임자를 만나게 해달라고 해서 만났다.

"내가 한국의 호텔 책임자로서 미국의 선진호텔을 견학하고 돌아가면서 시설의 개보수를 하려고 샘플을 구해 가지고 가니 허락해 달라"고 손짓 발짓을 섞어 통사정을 했다.

사정을 듣고 난 후 흔쾌히 허락하며 예의 그 친구에게 무어라 말을 하고 들여보내 주는 것이다.

책임자에게 고맙다는 인사를 하고 들어가다 보니 그 친구는 대단히 못마땅한 표정으로 바라보다 나와 눈빛이 마주치자 대뜸 앞의 말을 지껄이는 것이 아닌가?

순간 내 생각으로는 너 오늘 재수 좋다고 할 정도로만 알아듣고 (우리도 통상 좋은 일이 있으면 너 오늘 생일이다 할 정도) "thank you" 하고 웃음으로 답하고 비행기 트랩에 올랐다, 할로겐 전등을 들고.

그 시절 미국에서 공부하던 큰 녀석이 있는 오렌지 카운티에 와서 짐을 풀고 이야기 끝에 이날 겪은 일을 이야기하게 되었다.

그렇지 않아도 평소 어눌한 나의 회화실력을 안타까이 생각하여 혹시 실수나 할까 걱정하여 아버지는 미국 와서는 영어를 하지 말라고 핀잔 아닌 당부를 듣는 터이지만 그래도 그네들을 설득해서 이렇게 가져왔지 않느냐고 당당하게 말했다.

나중에는 인사도 받으면서 헤어졌다고 말하니 큰 녀석이 한심스럽다는 듯이 말한다.

"아버지 그 말이 무슨 말인 줄 아십니까? 미국에서는 불량한 젊은이나 흑인, 히스패닉의 하층 계층에서 쓰는 비속어입니다. '너 잘났어' 하는 말입니다."

그런 의미도 모르면서 두 번씩이나 "thank you" 하면서 웃음지어 보인 내가 그놈들이 볼 때 얼마나 바보스러울까 생각하니 화도 나고 창피스러워 견딜 수가 없었다.

하긴 나로서는 잠시 다니러 온 미국 땅에서 그네들이 사용하는 은어를 알 수 없지 않은가?

특수한 집단이나 계층 또는 사회에서 남이 모르게 자기네끼리 쓰는 말이 있기 마련이고 우리나라에도 변말이라고 칭하는 은어가 유행하여 모 대학 교수가 은어사전을 신문지상에 게재한 일도 있지 않았던가?

은어를 나쁘다고만 말할 수는 없어도 못 알아듣는 편에서는 난감하다.

자신이 소속된 집단의 언어를 학습하고 이것을 타인에게 전승하는 힘은 문화의 틀 속에서 알려진 모든 행동양식 발전의 기초이며 인간 상호간 동질성과 본질을 이루는 표지라고 생각된다.

인간은 언어를 사용하며 사회집단의 구성원으로서 나아가 문화에 대한 참여자로서 자기가 가진 생각이나 느낌 따위를 나타내거나 의사 전달을 하는 데 필수불가결한 요소이다.

그래서 태초에 부족을 형성할 때 같은 언어를 쓰는 무리끼리 집단을 이뤄 살기 마련이다.

우리 한민족은 우랄알타이어계라고 정의하여 우리 언어를 보존 발전시키고 있다고 본다.

차츰 나이가 들수록 요즈음 젊은이들이 예사로 사용하는 외래어나 인터넷 용어들을 잘 알아듣지 못하는 세대가 되고 말았다.

부디 우리 주변에서 난무하는 비속적인 변말은 조금 지양되었으면 하는 바람으로 옛일을 더듬어 본다.

제**3**부

뉘와 손뼉 칠꼬

길^{따라}가세요

뉘와 손뼉 칠꼬

— 고 금암 최치환 선생 영전에

하동과 남해, 끊겼던 지맥을 연육의 다리로 해 이어놓고 지리 영봉으로부터 금산으로 이어지는 슬기롭고 복 받은 땅 남해.

쌍계사 종소리를 여울져 내려오는 자애로운 섬진강물에 담아, 화전 땅 굽이굽이 포근히 감싸고 들면 치자꽃 향기가 만발하고 화답이라도 하듯 용문사 절골에 아지랑이가 일더이다.

태고로부터 서기 어린 고장 그 속에 찬연히 그리고 우뚝 선 인물 최치환. 소년입지로 약관에 등룡(登龍)한 출중한 인품으로 해서 그토록 많은 기대와 성원에 부족함이 없었기에 당신으로 해서 수많은 동향인에게 긍지를 갖게 하고 풍요로움을 지니게 했던 덕인이 아니었습니까?

세상사 시비소리 내 항상 저어하며 그 많은 파란과 곡절을 경륜과 형안(炯眼)으로 슬기롭게, 때로는 초연하게 역사의 뒤안길을 헤쳐 나오신, 그리하여 영욕이 함께 해도 우리 뇌리엔 언제나 우리 치환이로 자리잡았습니다.

쓸개를 씹는 어둠의 세월 속에서도 담석을 오려내는 도규부(刀圭夫)의 칼날이 매서운 의창 안에서도 나라와 고향땅을 걱정하던 당신, 세월의 용열함이 면전에서 돌아서는 서글픔 속에서도 허허로운 웃음으로 분노를 삭일 줄 아는 당신이었기에 환호하는 고향 지인들의 손목을 잡고 열화와 같이 감동할 줄 아는 당신, 사상의 상극이 첨예하게 불꽃 튀는 정치사의 주무대에서도 결코 거리낌 없이 사자후를 토하고 막후를 연종하면서 한 세대를 풍미했던 그였기에 향리의 촌로들 마디 굵은 손잡고 '물건은 새 물건이 좋아도 정은 구정이 좋다' 던 마음 씀씀이가 자애롭던 당신, 세세년년(歲歲年年) 여드레 스무 사흘 조금이 오듯 고향의 한(恨)과 정(情)의 원(願)을 담아 굽이굽이 푸른 물결치는 한려수도의 중심축에 자리잡은 수구초심을 지향하는 서기로 움이 담긴 땅 남해.

당신의 풍모로 해서 천리 고향을 생각하는 마음은 마냥 해일처럼 들끓었는데 아 당신이여! 치환이여! 그대는 가고 고장불명(孤掌不鳴)이라며 조용히 손잡던 당신의 다정한 목소리는 이젠 강진바다 여울소리 되어 지금도 환청으로 들리나니 이제 남은 우리들은 그대가 못다 이룬 화전신곡(花田新曲)을 열심히 노력하여 우렁차게 울리도록 하겠습니다.

출향인들도 언제고 돌아가야 할 회귀(回歸)의 땅, 영혼이 쉬어야 할 고향땅에 부디 부동의 심석(心石) 되어 길이길이 망향의 이정표가 되시길 빕니다.

약속

　전후 혼란기의 숨 막히는 질곡 속에서도 한 가닥 낭만과 예술이 꽃피던 명동의 거리를 두고 '고독한 산책자의 마지막 종착역'이라고 한 어느 객기어린 시인의 독백처럼 대망의 80년대 초 정확히 1월 29일 토요일의 명동거리는 외형적으로는 민주화의 열기로 해서 서울의 봄을 구가하고 있었지만 한 걸음 뒤로 해서는 12.12 사태를 겪으면서 평범한 소시민들은 감지할 수 없는 엄청난 무게의 정치 변혁이 소리 없이 도시 전체를 채색하고 있었던 때이다.

　그날 따라 마지막 가는 겨울을 아쉬워하듯 음산하리만큼 을씨년스런 날씨가 잿빛 하늘과 함께 도심을 짓누르고 있어도 명동의 거리는 삼삼오오 거리를 누비는 인파로 해서 서울의 심장(sole of Seoul) 구실을 톡톡히 하고 있었다.

　가는 이, 오는 이로 유동 인파가 하루 십만 명을 헤아리는 때라

서 한국을 처음 방문하는 외국인들은(명동 소재 로얄호텔에 투숙
한) 오늘이 무슨 축제일이냐고 되묻기 일쑤였다.

어두운 시절의 축제라고나 할까, 그날 밤 자정을 못미처 로얄호
텔 지하 나이트 클럽에 서울 근교에 주둔한 모 부대에서 탈영한 무
장군인 2명이 120여명의 내외국인을 인질로 잡고 광란의 향연을
펼치고 있었다.

동양 최대의 인질사건이었다.

신고를 받고 황급히 출동한 경찰 2명에게 가차 없이 사격하여 1
명을 현장에서 즉사시키는 피비린내 나는 살육이 일어나 이후 다
가올지 모를 엄청난 비극을 예고하고 있었다.

나는 그때 호텔의 총지배인으로서 황급히 연락을 받고 현장에
당도하여 우여곡절 끝에 그들과 통화에 성공하였다.

사태 수습을 위해 출동한 군책임자와 면밀히 숙의하는 한편 인
질들의 식사를 제공하는 등, 정신없이 급박한 사정은 돌아가고 있
는 상황에서도 나 이외는 누구와도 인질범과 접촉할 수 없었고, 또
주검을 눈앞에 둔 터라 그런 개재도 못되었다. 살벌하게 대치하고
있는 와중에도 격해 있는 감정을 누그러뜨리기 위해 통화할 때 내
신분을 '왕뽀이' 란 비속어로 그들의 웃음을 자아내게 하면서 시신
을 밖으로 내어오는 데 합의하기에 이르렀다.

시신 운반자는 외부에서 못 들어오게 하고 그곳 인질 중에서 장
정을 뽑아 눈 앞에서 피를 흘리고 있는 시신을 치우는 데 성공했
다.

계속하여 설익은 애국심에 호소하여 외국인 인질 10여명을 우선

적으로 구조하고 연이어 연약한 부녀자와 전체 억류된 분들의 석
방을 위해 나 자신이 대리 인질로 자청하는 등 동분서주하면서 밤
을 꼬박 새우며 20여 시간이 흘러갔다.

일요일 오후 군이 명동의 거리를 차단하고 작전을 방불케 하는
호텔 포위의 상황에서 조용히 끝마무리할 시간은 다가오고 있었
다.

그들에게 자수할 것을 누차에 걸쳐 권유하니 주범은 이미 죽음
을 각오한 터라 막무가내였고, 그래도 종범은 심경의 변화를 일으
켜 내밀히 자수의사를 은연중에 표시하기에 상황실에서 별도로
모여(국방부 차관이 주관) 숙의한 결과 이대로는 도저히 해결의
기미가 보이지 않고 시간도 많이 흘러 외국의 시각도 있으니 주범
을 제거하더라도 사태를 마무리짓기로 결정이 나서 나에게 은밀
히 그것을 전달해 달라는 것이었다.

난 전제조건으로 종범을 살려준다는 약속을 하여야만 내가 설득
할 수 있다고 우겨서 당국으로부터 확실한 언질을 받고 전달하면
서 그와의 약속은 "정부 당국에 어떠한 청원을 하여서라도 가벼운
처벌을 받도록 최선을 다하겠다" 하고 사건을 마무리하게 되었다.

그리하여 총성 한 발은 무거운 침묵을 깨고 긴 악몽의 늪을 훌쩍
건너뛰어 갈등을 야기했던 사단은 종말을 고했다.

그 순간에는 선과 악은 이 세상에선 존재할 수 없었다.

다만 죽은 자와 살아남은 자만이 있을 뿐이었다.

모든 것이 끝난 그 현장에서 난 끝없이 격해 오는 인생에 대한
짙은 회의가 가슴 속 깊이 태동되고 있음을 느끼며 한없는 슬픔이

다가왔다.

'모순' , 사람을 살리기 위해 사람을 죽여야 하는 모순의 진원지에 왜 하필 내가 서 있어야 하고 악역을 맡아야 하느냐고, 총기를 반납하고 끌려가는 뒷모습을 바라보며 망연자실하던 그때의 심정은 내 스스로도 도저히 설명할 수 없는 착잡함을 넘어 비애스러웠다. 지나고 보면 가망 없는 약속, 결코 지킬 수 없는 허황된 약속을 농하면서 내 직분에만 충실하려 했던 아류(亞流)가 한없이 미워졌다.

그 일로 해서 훗날 표창과 훈장을 받으면서도 마음 속으로 그네들의 명복을 빌고 또 빌었다.

약속이란 이토록 지키기 어려운 것인가 하고 지레 불가능을 의식하고 시도해 보지 못한 무심한 자신을 반성하며 뒤돌아보면서 먼 하늘을 보기가 일쑤였다.

그로부터 모든 걸 잊고 지낸 지 15여년 후 우연히 약속의 귀중함을 깨우쳐 주는 일화를 읽고 가슴 저미어 오는 아픔을 느꼈으니 한서 〈오륜행실도〉(五倫行實圖)에 기술된 영상(領相) 범식(范式)에 관한 일화였다.

젊은 날 범식은 친구 장소(張韶)와 함께 천리 밖에서 학문을 연마하다가 귀향하면서 친구의 집 앞을 지나치다가 모친을 뵈옵고 인사를 드리고 떠나려 하자 며칠 묵고 가기를 간곡히 청하며 만류하자 못내 아쉬워하며 훗날 꼭 찾아뵙겠다고 약속을 하고 떠났다.

헤어진 지 2년이 경과한 5일 전 장소가 어머니를 보고 범식이 올 날이 다가왔으니 술이라도 좀 담으시라고 하자 그저 지나가는 말로 약속했는데 그걸 어떻게 믿고 술을 담그느냐고 반문하니 "범식은 어떠한 일이라도 한 번 약속하면 틀림없이 지키는 친구이니 꼭 올 것입니다."

아니나 다를까 그날 범식이 찾아와 그간의 회포를 풀고 돌아갔다.

이러한 돈독한 우정으로 몇 년을 살다가 노년이 되어 하루는 범식의 꿈에 장소가 나타나 '내가 죽어 떠나니 자네가 와서 장사를 지내 달라'는 현몽을 하였다. 꿈에서 깨어난 즉시 급히 천리 길을 달려와 마을 입구에 도착하니 장소의 상여가 움직이지 않고 있기에 통곡을 하면서 "너와 내가 이제 생사의 갈림길에서 너를 보내니 평안히 저승으로 가시게" 하면서 술을 붓자 그제서야 상여가 움직여 장사를 잘 지내주고 여막을 지어 3개월 동안 친구 묘소를 지켜준 후에 하산했다는 고사를 읽고 인간 약속의 고귀함이 미덕으로 어디까지 미칠 수 있는가 라는 생각이 들자 지난날 잊고 살아온 그때의 약속이 가슴을 저미어 오고 있었다.

훗날 산사를 찾아 마음 속으로 천도하기를 빌어 주면서 무정으로 이루어진 세상사에 경건한 감회가 차라리 사치스러운 장식인지 모른다는 생각이 들어 구천의 하늘에서 방황하고 있을 외로운 혼령에게 극락왕생하기를 부처님께 간곡히 빈다.

삼보 귀의―.

그 분을 아십니까

　우리 인생이 살아가는 데는 무수한 연을 맺고 살아가기 마련이다.

　숙명적으로 태어날 때부터 맺는 혈연과 성장하면서 차곡이 쌓여지는 풍토와의 지연, 학문의 길에 들어서서는 배움이 전당인 학교의 선후배와의 교류에서 생성되는 학연 등으로 해서 살아 숨쉬는 동안 어느 것 하나라도 소홀히 하거나 절연하여 살아갈 수 없는 것이 우리네 삶이 아닌가 생각이 든다.

　모든 연들이 하나같이 우리에게 소홀히 생각할 수 없는 터이지만은 특히 지연은 후천적인 것으로 풍물(風物)과 언어(言語), 음식·습관 등 우리의 인격 형성에 커다란 영향을 주어 왔기에 선인들은 이를 두고 '신토불이(身土不二)' 라 가르쳐 왔고 그 지역의 풍광의 영향에 따라 인간성 형성의 근본이 되고 보니 어찌 중요하지 않겠는가?

같은 귤의 종자라도 강남에 심으면 감귤이 되지만 강북에 심으면 탱자가 되는 원리는 우리 인간의 생성과정에 있어 지연이 안고 있는 심오한 포용력을 여실히 말해 주는 것이리라 믿는다.

나의 동문 친구들 중에 일찍이 자수성가하여 지금은 알뜰한 중소기업의 사장으로 국내뿐 아니라 국외에서도 그 기술과 신뢰도를 인정받아 동남아는 물론 영국에까지 사업의 수완을 발휘하고 있는 '박봉열' 사장이란 분이 있다. 평소 가까이 지내면서도 그 분의 오늘에 이르게 된 과정을 간과해 오고 있었던 터라 무심히 지내왔는데 전년에 건설분야 시스템인 국제 표준화 기구 인증서를 취득하여 이를 기념하는 식전에 참여하는 기회를 가졌었다.

현대는 국제화내지 세계화 시대라 국제간의 기술의 협력 조장은 물론 다국적 기업이 지배하는 현실이 되고 보니 국제적으로 관리 시스템을 만들고 관리능력을 심사하는 것은 필연적인 절차라 믿는 바이지만 언제 박 사장이 여기까지 성장하였는가라고 생각하니 정말로 장한 일이 아닐 수 없었다.

그분의 성장과정을 조금은 알고 있는 터라 성실의 밑바탕에 숨겨진 비화 같은 것이 있지 않은가 생각하고 있던 터에 우연한 기회에 대작하며 허심탄회하게 지나간 일들을 이야기할 수 있는 기회가 있었다.

솔직히 말하면 그의 오늘날의 성공을 경이적인 시각으로 바라보고 있는 터이어서 그의 이야기에 귀를 기울여 경청하였다.

어찌 그라고 해서 순탄한 길만 걸어왔겠는가. 60평생을 살아오면서 우여곡절과 좌절의 시기가 없겠는가마는 오로지 성실 하나만을 밑천 삼아 솔직한 성품으로 일관해 온 결과란 것을 알았다. 그러나 나는 지금 그분의 성공담을 미화하려는 생각은 추호도 없다.

다만 하나의 씨앗이 열매를 맺기까지는 춘하추동 사계절의 질서와 은공이 뒷받침해 주어야 하듯이 하물며 사람의 일, 특히 사업에서는 이의 범주를 벗어나서는 결코 성공할 수 없으리라. 그 계절의 질서와 은공에서는 편법이나 적당주의가 통하지 않는 것이 진리요, 대도(大道)가 아닌가 생각한다. 그가 아직은 영세업자로서 신뢰를 쌓아가고 있을 1970년대 초에 그가 지닌 기술이 차츰 인정 받아 가고 있던 터라 굴지의 S그룹 공사에 참여하는 기회를 갖게 되었다.

그때 그 회사에서는 같은 종류의 두 개 사업이 동시에 발주되었는데 담당 부서의 기초 조사에 의거 최종 선발은 S그룹과 연관이 많아 이제까지 공사를 해온 갑회사와 더불어 박 사장이 선발되었는데 규모가 큰 쪽은 이제까지 해온 갑회사가 맞고 소규모는 처음으로 시공하는 박 사장이 맡게 되어 어느날 S그룹 L회장이 직접 두 시공회사의 사장을 면대하여 상견례 겸 일을 열심히 시공해 줄 것을 당부하는 시간을 갖게 된 것이다.

먼저 갑회사의 사장이 회장실로 들어가 면담을 하고 나서 자기 차례가 되어 초면의 L회장에게 정중히 인사를 드리고 나서 하회를 기다리고 있던 터에 몇 마디 수인사가 끝나고 나서 고향 이야기가 나왔다.

"박 사장 당신의 고향이 어딘가요?"

"예 경남 남해군입니다."

"그래요. 그럼 국회위원 최치환 위원장을 잘 아시겠네요."

그렇다. 최 위원장 그 어른은 1980년대 말에 타계하여 지금은 유명을 달리하고 있지만 1970년대 초에만 해도 현직 국회 건설분과 위원장으로서만 아니라 우리 고장에서는 개군 이래 가장 출중한 인물이라 칭하여 왔고 한국의 경찰행정에 획기적인 발자취를 남겨 경향 각지에 지인이 많았으며, 정치적으로도 비중 있는 위치에 처해 있는 분인지라 고향 사람이라면 누구나 할 것 없이 앞다투어 그 분과의 관계를 침소봉대하여 과장하기 일쑤였다.

S그룹 L회장은 평소 절친한 친분을 유지하고 있는 터인지라 지나가는 말로 물어본 것인데, 그러나 박 사장의 대답은,

"예, 저는 그분을 고향의 대선배님이라 잘 알고 있습니다마는 아마 그분은 저를 잘 모를 것입니다."

"그래요."

그런 다음 즉시 공사 수주관계 담당부장을 인터폰으로 불러들이는 것이 아닌가. 그리고 나서 L회장은,

"내가 두 분을 만나보니 이 분이 일을 더 잘할 것 같으니 큰 공사는 이 분 회사에 주고 작은 공사는 갑회사에 주도록 하시오."

그로부터 세세년년 친분을 쌓아 오늘에 이르렀다는 긴 이야기를 듣고 지연의 연을 뛰어넘는 또 하나의 보이지 않는 연의 힘이 역동적으로 작용하는 섭리를 경이로운 심정으로 바라보며 조용히 사색에 잠겼다.

좋은 사람은 좋은 짝을 만나야 좋은 사람이 되듯이 사업가도 자기를 알아주는 훌륭한 분을 만나야만 성공할 수 있다는 보편타당한 진리가 무섭게 무게를 더해오고 있었다.

결코 교만하거나 꾸밈없는 진솔한 답변이 오늘날 박 사장을 만들었구나 하는 생각과 함께 평범 속에 감추어진 그 탁월함이 늦게사 빛을 보게 되는 것도 따지고 보면 내면에 잠재되어 있는 그 육중한 멋의 결과가 아닌가 생각된다.

"담을 줄을 알면 비울 줄도 알아라."

그는 사업상 숱한 술자리에 술을 마시면서도 처신에 신중하였고 주량의 과다를 넘어 호기 있게 마시는 터라 한 번이라도 그와 대작하고 보면 호기심이 발동하여 만나는 회가 거듭될수록 그의 매력에 빠져들어 가는 것이 아닌가 생각된다.

절제된 기품이나 청결한 지성과는 좀 거리가 있어도 호방한 직설적인 언행은 꾸밈이 없어 많은 사람들이 매료되기 마련이다.

부디 박 사장의 무위(無爲)의 연이 사업성공의 길잡이가 되듯 천성적인 호방함이 길이 빛나기를 빈다.

카프리섬의 무궁화 꽃

설익은 여수(旅愁)를 달래며 쪽빛 바다가 내려다보이는 남부 이탈리아 솔렌토항(港)에서 쾌속정을 타고 카프리섬으로 향하는데 더위가 기승을 부리던 1996년 7월의 말일이었다.

그 잔잔하고 맑은 지중해 바다, 어디서 들려올 것 같은 어릴 적 향수 어린 노랫말을 중얼거리며 마음 설레이는 지중해 여행은 부풀어 오르는 감격으로 해서 나는 소년처럼 들떠 있었다.

여행은 언제나 즐거운 것, 미지의 세계에 대한 신비감과 처음 대해 보는 역사의 숨결에 살포시 접목해 보는 자아의 세계관이 새롭게 태어나는 생명체 같은 감격으로 온 심신을 전율케 하는가 보다.

고대문명의 각축장, 아니 현대사의 가장 중심적인 유럽 대륙의 안방 같은 지중해는 이오니아, 에게, 시실리섬의 마피아 등으로 해서 우리에게는 일찍이 귀에 익어온 역사의 무대가 아닌가?

열강제국의 생성과 소멸, 도시국가의 쟁패, 그리고 민족의 대이동으로 우리네가 사는 동양과는 판이하게 형성되어 온 유럽, 그 중에서도 고대 로마제국의 중심인 이탈리아 중남부는 역사유물의 풍요한 담보로 오늘날에도 생동감 넘치는 관광의 무대로 많은 외국인을 불러들이고 있었다.

저 멀리 선미(船尾) 뒤로 보이는 '배수비오'의 화산이 민둥산처럼 흉물스럽게 보이는 것은 1900년 전의 화산 폭발로 고대 희랍인이 세운 무역의 도시 봄페이를 일순간에 묻어 버린 전죄 때문인지 또 언젠가는 그 엄청난 화염을 토해낼지 모르는 잠재성으로 해서 경원되는 것인지 모르지만 그 자락에 자리잡은 도시, 그 유명한 가곡 〈돌아오라 솔렌토로〉로 해서 실제의 미(美)보다 부풀어 머리에 각인되었기에 그 풍광이 더없이 아름답게 보였는지 모른다.

저 멀리 북으로는 지금은 조락하여 마피아단의 소굴로 전락하였지만 한때 세계 3대 미항(美港)이었던 나폴리항으로 드나드는 육중한 무역선과 간간이 스쳐가는 날렵한 요트선으로 바다는 한 폭의 그림 같았다.

고대 로마제국의 황제들의 별궁이 자리잡았고 오늘날에는 지중해 제일의 휴양지로서 이탈리아 부호들의 별장이 집결되어 있어 현재 이탈리아 본토보다 집값이 비싸다는 '카프리섬', 과연 세계적인 관광지로 개발하여 각광을 받고 있는 실정이었다. 나는 그 섬에 도착하여 리프트식 엘리베이터를 타고 올랐다.

45° 각도의 경사지를 관광길에 올라가면서 20여명의 각국 관광객과 어울려 섬 전체를 조망하느라 정신없이 사방을 둘러보고 있

는 순간 내 시야에 한 그루의 무궁화 나무에 만개된 꽃 3송이가 확연히 들어왔다. 순간 나도 모르게 외쳤다.

"무궁화 꽃이 피었습니다."

차중에 있던 사람들은 거개가 유럽, 아프리카, 중동인들인데 동양인(東洋人) 한 명이 알아들을 수 없는 말로 감탄사를 토하니 거의 모든 사람들이 어리둥절하고 있다가 그 중 한 분이 왜 그러느냐고 묻기에 "저기 우리나라 꽃이 피어 있다"고 하였더니 "어디서 왔느냐"고 되물어 극동에 있는 한국에서 왔는데 우리나라 꽃(그 순간 무궁화의 학명을 몰라, 내셔널 플라워라고만 했다)이 머나먼 이곳 카프리섬에서 보이니 감탄해서 그런다고 했더니 이해하는 양 머리를 끄덕이며 웃는 것이었다.

나는 이때까지 그렇게 아름다운 무궁화꽃을 본 적이 일찍이 없었다. 우리나라 꽃이라고 의도적으로 미화(美化)해 온 글도 읽고 은근과 끈기의 꽃이라 칭찬하지만 내가 가지고 있던 꽃의 이미지는 조금은 축축한 느낌으로 송이채 뭉뚱그려 떨어지는 낙화를 보고 썩 밝은 인상은 아니었는데 잡목 수풀 속에서 그것도 먼 이국의 언덕 위에 화려하게 핀 무궁화 꽃은 왜 그렇게도 빛나고 싱싱하고 아름답게 보이는지 누구나가 외국에 나가면 애국자가 된다는데 동일한 꽃을 놓고 이를 대하는 안목마저 이렇게 달라질 수 있는가?

어지러운 상념들에 잠겼다가 문득 한 소년이 영상에 선명하게 떠오르니 그가 바로 임진왜란 때 포로로 잡혔다가 일본 규슈 지방에서 노예로 팔려 어느 유럽의 상인을 따라 인도를 거쳐 이탈리아 와서 파란만장한 고생 끝에 거상(巨商)으로 입신(立身)해서 코레아노란 성으로 활약했다는 그 소년 말이다.

지금도 이탈리아 남부 어느 곳에 코레아노란 성을 가진 집단촌이 있다고 해서 그 근원을 캐기 위해 본국에서 기자가 탐방한 바도 있거니와 그 순간, 그 소년의 넋이 아닌가 하는 추리가 나의 뇌리에 떠올라 뭉클한 감회에 젖게 한 것은 망국의 한을 품고 그것도 낮과 밤이 다르고 피부 색깔과 언어가 너무나도 차이나는 이국땅에 노예로 팔려 와서 어디가 조국인지, 동서남북(東西南北) 어디로 가야 되는지조차 모를 황망한 처지에서 토해 놓은 숱한 한숨과 애절한 향수가 빚어낸 망향의 한(恨)이 이 꽃이 되어 400년이 지난 오늘날 조국의 한 관광객 눈에 선하게 떠오른 것이 아닌가 하고 말이다.

무궁화 꽃과 코레아노, 나의 견강부회식 추리이겠지만 그렇게라도 믿고 싶은 심정은 그후 이탈리아 이곳 저곳을 다니면서 기회 있을 적마다 묻곤 했으나 누구 하나 시원스러이 대답하는 자가 없어 답답하고 실망스러웠으나 나는 믿고 싶었다. 아니 믿었다. 이탈리아의 거상으로 출세하여 지중해를 누비고 다니면서도 언제나 잊지 못하고 조국을 그리워하며 쏟아 놓은 원(願)과 한(恨)이 무궁화 꽃이 되었다고…….

세월의 부피가 너무나 크고 아름다웁구나, 400년의 시공을 넘어선 그때 그 사실을 이젠 미화시켜 생각하여야겠다.

체념 뒤엔 여유와 새로운 시작이 있다고 하지 않았던가?

그 무서운 설움과 체념의 넋이 이국 수만리의 이 땅에 한으로 승화되어 피어났으리라 생각하니 그 푸른 바다와 하늘을 추슬러보며 숙연해졌다.

카프리섬의 무궁화여, 코레아노여. 비록 이탈리아 땅이지만 영
원토록 번창하시라.

절규 같은 기도를 드리며 나는 나그네의 발길을 돌렸다.

초명의 역사

(鷦螟)　　　(役事)

불교의 경전에 초명의 이야기가 있다.

황소가 눈 한 번 감았다가 뜨는 순간에 일생을 마친다는 동물인데 아마도 짧은 시간의 개념과 인생사 삶의 허무함을 은유적으로 두고 한 말인 것 같다.

뒤에 안 일이지만 초명은 하루살이를 의미하는 것이 아닌가 싶다.

대저 시간이란 무엇인가?

공간의 반대 개념으로 과거와 현재 미래가 종(從)으로 무한하게 유전하여 연속하는 것이라고 하는데 시각과 시각 사이의 길고 짧음이 무슨 의미가 있는지 심히 의문이 들 때가 많았다.

극도로 발달한 오늘날 과학문명에서는 속도의 측량을 광년(光年)으로까지 계산하고 있어 우리의 상상을 초월한 구만리장천(九萬里

長天)이란 머나먼 거리는 실증 과학과 철학을 넘어 종교적 의미로까지 승화하지 않으면 접근할 수 없는 무한의 개념으로 자리잡고 있는 터이다.

고대 중생대에 출현하여 쥐라기에 전성기를 이루다가 백악기에 멸종하여 자취를 감춘 공룡의 역사를 보면서 과연 초명과 대비해서 어떤 종(種)의 우열을 단정지어 판단할 수 있을까 하는 생각이 들 때가 많다.

우리 인간의 시각에서 보면 하루살이들의 그 짧은 삶 속에서도 그들만의 종족 번식과 대소사의 생존에 필요한 일들을 해내면서 일생을 마치는 과정이 과연 우리네 인간사와 무엇이 다른가?

나는 이러한 생각이 미칠 때마다 초매(草昧)한 세상을 살아가는 데 있어 초명의 역사는 훌륭한 교훈이 아닐 수 없다.

원래 인간사란 모든 것이 시간이 흐르고 나면 묻혀지고 감춰지는 생태라서 적당히 감추고 살기에 너무나도 익숙해진 터이어서 시간의 관념은 모호해지기 일쑤이고 현재 자기가 처한 위치와 상황에서 시간을 재단하기 때문에 각자의 생각에 따라 시간의 완급 조절이 가능하여 어떤 이는 태평성대를 누리는가 하면 일일여삼추(一日如三秋)로 세월 가기를 목 빠지게 기다리는 사람들이 있어 요지경 속이란 유행가도 등장하는가 보다.

원래 시간이란 반복되는 것이며 역사 또한 반복되면서 계속된다고 했는데 시간의 가장 짧은 단위인 찰나(75분의 1초)와 긴 단위로는 쉽게 계산할 수 없는 겁(劫)이 다 시간이라는 틀 속에서 형성되어 우주의 생성 소멸의 과정을 시간의 단위로 설명한다고 하니 참으로 난해한 섭리라고 생각이 들어 머리가 무거워진다.

우리들 인간사뿐만 아니라 사바세계에 있어 시간은 가장 값싸면서도 평등하게 분배된 자원이 아닐 수 없다.

감정도 이성도 없는 시간은 어떠한 변명도 들어 주지 않으며 태고로부터 오늘에 이르기까지 도도히 흘러가고 있는가 보다.

시간을 눈에 보이는 물체처럼 만들어 자신의 삶을 그에 맞춰 채굴하고 싶은 욕망은 어제 오늘의 일이 아니며 시간을 붙들어 놓고 부귀영화를 누려 보겠다는 분에 넘치는 욕망으로 불로장생을 꿈꾼 진시황제는 불로초를 구하러 동남동녀 삼천 명을 삼신산(三神山)에 보냈다는 것 또한 따지고 보면 인간의 역사는 삶의 질서와 죽음의 무질서가 맞물려 돌아가며 무한의 세계 속으로 오늘도 흘러가고 있지 않은가.

지지 않는 꽃은 꽃이 아니듯이 죽음이 없는 삶도 결코 삶이 아니잖은가?

비록 생의 순간이 길고 짧음이 있더라도 그 종이 지닌 일생의 시간들은 결코 가벼이 여길 수 없을진대 우리가 생각하는 초명의 그 짧은 생애에도 무궁한 자연의 섭리가 도사리고 있어 그들의 역사(役事)는 삼라만상의 생태계에 큰 몫을 하면서 면면히 이어져 내려오는 것이란 생각이 든다.

흔히들 초로인생(初露人生)이라 선인들이 말해 왔고 우리들 역시 지나온 과거사는 눈 깜박하면 지워져 버리는 순간의 기억으로 점철되어 허무함을 느끼게 되는 바, 언제까지나 비통에 젖어 귀한 생애의 시간을 허비할 것이 아니라 보다 나은 가치 있는 삶을 추구하

기 위하여 혼신의 노력을 경주하며 살아가야 하지 않을까 하는 생
각이 든다.

어느 작가가 말했듯이 살아 있는 것들이 기어이 스스로 아름다
운 운명을 완성한다고 하듯이······.

나는 초명의 삶에서 우리들 운명의 예표(豫表 : 예언 따위를 미
리 보여주는 조짐)를 읽으며 생각의 깊이를 돈독히 하여야겠다고
다짐하곤 한다.

오늘날 삶의 현실은 복잡다단하기 때문에 단선적 시각으로는 그
전모를 파악할 수 없다는 또 다른 성찰과 포스트모던한 다원주의
사회를 살아가는 우리들에게 시사하는 바가 크므로 그 어려운 삶
을, 젊었을 때 가졌던 청운의 꿈을, 모든 걸 불살라도 좋을 것 같은
사랑을, 냉소하며 회의하면서도 때때로 도덕 윤리 편견으로부터
벗어나 절체절명의 순간까지 자신을 몰아붙이고 싶어하는 이중적
속성이 갈수록 심화되어 가고 있어 다들 현대인의 위기라고 말하
지 않는가?

불경에서 말하는 은유적인 짧은 삶을 살다 가는 초명의 세계도
종의 번식을 위하여 암수가 교접할 때 미와 추를 가리고 미움과 좋
음을 구별하여 사귀고 있는가?

그들도 위계질서가 있어 번식과 생활 터전을 마련하는 데 어떤
관습에서 이루어지고 있는지 심히 궁금하다.

나는 일찍이 초명(처음에는 초맹으로 알았다)의 이야기를 듣고
각방으로 알아보았으나 어떤 종의 동물인지 종교적 교화를 위한
상상의 동물인지 몰라 퍽이나 궁금하던 차 우연한 기회에 우리 한
국불교문인협회 고문이신 동원 스님에게 회식하는 자리에서 물었

더니 초명을 잘못 안 것 같다면서 바로 그 자리에서 초명에 관한
한시를 써 주시는 것이었다.

초명안첩기황주(鷦螟眼睫起皇州)
옥백제후차제투(玉帛諸候次第投)
천자임헌논토광(天子臨軒論土廣)
태허유시일부구(太虛猶是一浮漚)

하루살이 같은 생애에 눈곱 같은 땅에 나라를 세우고
임금이다 뭐다 벼슬을 두고 금은보화를 바치고
차례로 군림하면서 땅을 더 넓히려고 전쟁을 일삼으니
깨달음의 세계에서 볼 때 한낱 물거품인 것을 무엇 때문에…….

  평소 해박한 불경의 지식은 말할 것도 없거니와 한문의 실력, 문
력, 필력 등이 대단한 분인 것은 알고 있었으나 어려운 한시를 조
금도 주저 없이 써 내려가는 것을 보고 감탄해 마지않았고 그 비범
함이 참으로 놀라워 수도자의 깊은 학문의 경지를 새삼 느낄 수 있
었다.
  그렇다. 어찌 초명만이 짧은 삶이라고 말할 수 있으랴. 우리 인
생도 지나고 보면 잠시 잠깐인 것을, 억겁의 세월 속에 고작 백년
의 시간은 찰나인 것을, 부처님 눈 한 번 깜박이면 모든 것이 끝나
는 존재가 아니던가?
  살아 있는 이 순간에도 결코 가벼이 하거나 헛되이 보내지 말고

주어진 환경에서 노력하는 모습이 진정 삶의 아름다움이 아닌가?

여름 한 철 부나방처럼 무수히 모였다가 사라지는 하루살이가 주는 명제를 음미하며 고개를 들어 가을 하늘을 바라보는 마음 한 구석에 청량한 바람이 스쳐 가고 있다.

천성산 내원사
(千聖山)　　(內院寺)

　　어렵사리 남녘 기행을 계획한 사형(詞兄)인 이형(李兄)을 따라 별 준비 없이 나선 김에 뜻밖에 별유천지 같은 내원사 계곡을 찾았다.

　　산천에 단풍이 붉게 물드는 가을의 내원사 계곡은 정말로 경이 스러워 신비감마저 감돌았다.

　　천성산 한가운데 자리잡고 있는 내원사는 신라 천 년의 역사가 서린 비구니 선방(禪房)이다.

　　원효대사의 역사와 체취가 묻어나는 천성산은 백두대간 낙동정 맥의 마지막 중추로서 그 자태가 수려함은 물론 단아한 능선의 어 우러짐은 결코 위엄을 뽐내지 않고 조용히 자리잡고 있어 보는 이 로 하여금 무한한 친근감을 안겨주는 순수한 산이다.

　　경남 양산에 자리잡고 있는 산으로 그리 높지는 않으나 예로부 터 경치가 빼어나 소금강산이라 불리었으며 원효대사가 당나라에서 건너온 수도승 천 명에게 화엄경을 설법하여 모두 성인이 되었다는, 사찰 입구 안내판에 새겨진 전설적인 원효대사의 행적은 찾는 이로 하여금 신비감을 더하여 주고 있어 그 진위야 차치하더라도 그로 인한 산 이름의 작명이 수많은 성인을 길러내었다는 후덕함마저 지니고 있는 산이다.

대웅전 마루턱(내원산 대웅전은 특이하게도 법당 앞에 마루가 놓여 있다)에 앉아 산록을 바라보면 웅장한 산세와 연이어 불어오는 바람으로 해서 물결이 일 듯 울렁이는 수풀의 율동이 어찌나 고운지 넋을 잃고 바라보노라면 그 거대한 산이 움직이고 살아 있는 생물처럼 생명의 경이로움이 묻어나고 있었다.

고래로 천 년 사찰 터치고 어디 명당자리 아닌 곳이 있을까만 특히나 비구니의 청정한 몸가짐과 수도 생활의 청결함이 자리잡은 곳이어서 가을비 속의 천성산 계곡은 원효대사의 전설이 아니더라도 역사 깊은 선사들의 수도 도장으로 해탈의 성지로서, 어디 하나 나무랄 데 없는 영험한 선계처럼 느껴졌다.

법당에서 참배를 마치고 내려오는 길에 가을비를 맞으며 우리는 계곡을 거슬러 산 중복으로 올라가다 되돌아오면서 많은 이야기를 마음을 열고 주고받았다.

옥수 같은 계곡의 흐르는 물에 세속의 찌든 때를 벗어내듯 맑아지는 가슴을 두 손으로 쓸어내며 천천히 발을 옮기는 우리의 모습은 선경을 거닐고 있는 착각마저 들 정도로 정겨운 행보였다.

평소 문학과 돈독한 우정으로 존경해 마지않는 이형의 즐거워하는 모습은 지나온 날들의 화려한 삶의 궤적 때문에 뚜렷이 양각(陽

刻)되어 당신의 얼굴엔 꽃이 피었고, 그와는 반대로 고뇌한 삶의
궤적으로 어쩔 수 없이 음각(陰刻)된 나의 모습이 퍽이나 대조적이
었더라도 이 시간만은 모든 오욕칠정을 잊고 인생을 이야기하고
문학을 논하며 세상만사를 달관한 것처럼 유유자적할 때는 비록
서로가 지닌 신앙과 교리는 달라도 공통분모인 문학의 도정에서
끈끈한 우정의 사슬이 있었기에 언제나 지향하는 바는 같았나 보
다.

　서로간 상대방의 교리에 대해서는 극단적인 배리(背理)의 논쟁은
피하고 장점과 수긍점만을 이야기하다 보면 서로의 심중을 익히
알고 원점으로 되돌아와 "문학의 역할(役割)은 갈등을 빚는 우정의
정화(淨化)"라면서 굳게 손잡고 웃음을 지을 때면 세상에 이처럼
다정하고 난해한 우정이 있나 하는 생각이 들었다.

　때늦은 가을비로 계곡의 물이 옥수처럼 맑게 흘러가는 모습을
하염없이 바라보노라면 지나온 세월들이 펼쳐지듯 눈가에 서글픔
이 배어나고, 그래서 우린 서로 위로하며 내려오는 그 계곡길이 어
찌도 그렇게 아름다울 수가 있을까?

　비 오는 가을 산이 그리도 고운 것은 산골짝마다 잔잔히 스며든
여름의 역사(役事)가 있어 폭염 한 철 보내고 산기슭 한 자락에 조
용히 숨 고르며 피어나는 가을꽃이 있기에 말이다.

　만산에 홍엽이 지천으로 널리고 구만리장천에 무서리가 내리는
길목에 마주서 있음으로 저리도 애잔한 모습인가 보다.

　가을도 녹아들고 하늘의 별들도 산록의 품에 안기면 가을 단풍
의 색상은 너무 고와서 서럽고, 지나가는 가을바람 이야기와 밤하

늘 별들의 향기도 가슴을 열고 담아 보면 가는 세월 변화의 무상함
이 천지에 가득하고······.

영겁의 세월 따라 낮은 곳 찾아 흘러온 저 물줄기는 융화와 용해
를 거쳐 하나 되어 흘러가고 있겠지?

돌아오는 길목 산기슭에 붉게 핀 앵감(경상도 사투리) 넝쿨을 꺾
어 기념으로 가을을 담아 오려 했는데 총망중에 숙소에다 놓고 나
와 지금도 간혹 그때 이야기를 하면서 아쉬운 기억으로 가을을 생
각하곤 한다.

언젠가는 기약은 두지 못해도 이 계곡을 찾아 천성산 내원사를
찾아보며 우정의 변함없음을 다짐하고자 한다.

시인 바이런의 〈우정은 날개 없는 사랑〉이란 시구를 떠올리며,
또 한 해가 가고 가을이 찾아와 그 순수한 천성산을 생각하면 한없
는 기쁨이 이어지는데, 피어오르는 슬픔 같은 이 적요(寂寥)한 기쁨
은 어디서 일어나는 것일까?

천성산 계곡과 더불어 사형(詞兄)과의 돈독한 우정이 어우러져
이 세상 살아가는 날까지 변함없이 지속되기를 다짐하며 기약한
푸른 소나무 있는 그곳을 다시 찾는 먼 훗날까지 청정하고 순수한
천성산은 의연할 거고 이형도 건강한 세월에 문운(文運)이 있기를
기원 드리며 가을의 한 자락을 접어 본다.

닭서리

악동시절의 일이다.

십대 후반이던 고교시절, 열병처럼 번져 별무 양심적인 가책을 느끼지 않고 거리낌 없이 자행하던 닭서리 이야기다.

내세울 자랑거리라곤 하나 없어도 뜀박질 하나만큼은 제법 자신 있는 터라 밤길에 뛰고 달리는 데는 자신이 있어 혹시 서리도중에 잡힐 일이란 조금도 걱정이 없던 때였다.

시골에서의 성장기 닭서리, 고구마서리 등은 성장기의 통과의례처럼 누구나 한두 번씩은 경험이 있으리라고 생각된다.

피해를 당하는 입장에서는 괘씸하기 짝이 없으나 하는 우리들은 반 장난이고 또 들켜도 근동의 아는 집들이라 크게 사단이 일지는 않던 처지라 겨울 한철 별 양심의 가책 없이 즐기는 편이었다.

별 오락시설이 없던 터라 모이기만 하면 추야장 긴긴밤의 출출

함과 무료함을 달래기 위해 누구의 선동이나 제의가 없어도 닭서
리에 나서 간식으로 닭고기를 맛있게 먹었다.

마땅한 집이 없으면 친구네 집, 그것도 친구가 앞장서서 자기 집
에 가 어른이 자는 방의 문고리를 밖에서 걸고 유유히 닭을 잡아
나오는 웃지 못할 일들도 아무렇지 않은 듯이 자행되어 겨울밤을
달구곤 했다.

하루 저녁 S군의 집에 모인 악동 4~5명이 이번에는 십리 거리
상거한 곳에 가서 일을 치루기로 하고 밤이 깊기를 기다려 단단히
신발 끈을 매고 길을 나섰다. 어둡고 추위가 심하고 불빛을 밝힐
수 없는 처지라 대강의 지형을 더듬어 외진 산골 마을에 들어가 그
중 닭장이 제법 갖추어진 집을 선택하여 닭을 무려 세 마리나 잡아
보무도 당당하게 돌아왔다.

친구 집 아랫채에서 어른들 모르게 물을 끓이고 닭을 잡아 국물
과 함께 소금에 찍어 먹으니 그 맛은 비유할 데 없이 좋은 것은 말
할 나위 없었다.

우리가 노는 방과 마루 하나를 격하여 친구의 아버지가 재단 일
을 하고 있었다.

그때 기침소리가 들린다.

닭 삶는 향긋한 냄새가 진동하여 필히 이놈들이 일을 저질렀구
나 하는 생각이 들 터인데 아무 말씀이 없는 것은 묵시적으로 우리
들의 행동을 양해하여 주시는 것이라고 지레 짐작하고 그래도 숨
을 죽이고 있다가 우리만이 먹는 것이 죄스러워 이왕지사 들킨 일
이니 아무 말 않고 한 그릇 담아 방에 갖다 드리고 왔다.

그 어른은 일찍이 일본으로 건너가 만고풍상을 겪고 그때로선 선진 기술인 양복재단 일을 배워 귀국한 처지라 안정된 생활에 여유도 있고 시골에선 선진 문물을 체득하신 분이라 어린 우리들 행동거지를 관용으로 봐 주는 따뜻한 분이셨다.

아무튼 그날 밤은 다들 포식하며 멋있고 배부른 겨울밤을 이야기꽃 피우며 즐겁게 보냈다.

이 일이 있은 며칠 후 우리는 전과 같이 친구 집에 모여 잡담을 주고받고 있었는데 친구 아버지와 절친한 친구지간인 어른이 찾아와 큰 소리로 이야기하며 하소연하는 소리가 들린다.

실인즉 "며칠 전 우리 농장 집에 닭서리하는 놈들이 들이닥쳐 씨암탉 세 마리를 잡아 갔단 말일세."

"요즈음 학생 놈들이 닭서리를 자주 한다는데 우리 집이 당할 줄은 몰랐단 말일세. 그것도 세 마리씩이나…" 하시는 것이다.

이 말을 들은 친구 아버지는 즉각 며칠 전 이놈들의 행실이구나, 짐작하셨겠지만 단정적으로 밝힐 수는 없는 터이고, 당신도 뭣 모르고 떠다 드린 고기를 잡순 탓에 아마 실토는 할 수 없고 그저 웃음으로 버무리며 "참 고약하구만" 하신다.

악동들의 행동거지가 고약한지 아니면 그걸 잡수신 당신의 처사가 고약한지 모르나 숨을 죽이며 듣고 있던 우리들은 안절부절이었다.

사실 누구네 집인지도 모르고, 설사 알았더라도 우리들은 쉽게 잡을 수 있는 집을 택하였기 때문에 어쩔 수 없는 처지라 마음 속으로 잘못을 사죄하더라도 아무도 나서서 이야기하지 못하고 조용히 있을 수밖에 없었다.

악동시절에 있었던 일이지만 세상을 살아오면서 그때처럼 맛있는 닭고기는 먹어보지 못하였고 먹고 난 뒤의 죄스런 생각 역시 잊고 있다가 그 어른들이 다들 돌아가신 지금에서야 어린 한 시절의 추억 어린 생각이 나서 웃음짓는다.

두 분 어른의 명복을 빈다.

어리석은 일, 그래도

사람이 이 세상을 살아가면서 선과 악업을 떠나 이루어질 수 없는 어리석은 짓을 예사로 하는 것을 보면 참으로 딱하기 그지없어 보인다.

남 말할 것이 아니라 나 자신의 행적을 돌이켜보면 의욕만 앞선 허튼 생각에 저질러 놓은 일들이 많았다.

아무거나 보면 나도 할 수 있다는 경솔한 자신감이 앞서 어른들이 두는 장기판이나 바둑판에 어릴 때부터 기웃거리며 훈수를 들곤 했는데, 동네 어른들도 내 수가 제법이라고 칭찬 아닌 칭찬을 하게 되면 이를 전해 들은 선고(先考)께서 고개를 저으시며 하시는 말씀이 '다예(多藝)는 무예(無藝)' 라 하시며 이것저것 남들이 하는 것을 보면 깊이도 없으면서 하려고만 달려드는 성격으로는 아무것도 이룰 수 없다며, '지자(知者)는 막여부(莫如父)' 라 자식 아는

것은 아비가 제일 잘 안다고 말씀하시며 나의 졸갑증에 일침을 가
하며 이것저것 아무거나 마음에 두고 건성으로 익히면 아무것도
이룰 수 없으니 무엇이든 진득하게 전념하라고 타이르신 것을 이
제야 알 것 같다.

그중에 대표적인 것이 문인이 되겠다고 문학의 길에 들어선 것
이다.

다만 고등학교 시절 백일장 시조부문에 장원을 한 것이 무슨 큰
게시나 되듯이 천성적으로 글재주란 별무한 터에 남들이 써놓은
글이나 시에 매료되어 나도 한 번 하겠다는 의욕만으로 책을 싸들
고 사찰에 들어가 할 일 없이 노닐며 기도하니, 서불입정(書不入鼎)
이라 하시며 반대하던 아버님과 주위의 만류에도 불구하고 나의
고집대로 국문학과에 들어갔다.

1960년대의 우리 문학계는 말로 표현할 수 없을 정도로 척박하
여 연줄 없는 지방에서 중앙문단에 진출하기란 참으로 어려운 형
편이라 문인이 되고자 국문학과에 진학한 것이 참으로 후회막급
이었고 부끄러운 일이었다.

지금 기억으로는 『신태양』지이던가 하는 삼류 월간지에 몇 번
투고하여 실린 것이 고작이었다. 그리하여 문인의 길을 과감히 접
었다.

국영기업체에 취직하고서는 그런 의욕과 기회도 상실한 채 그저
조용히 지내다가 한 번 방송국에서(문화방송) '전설의 고향' 인가
의 소재를 모집한다기에 우리 고향 남해의 삼봉산(三峯山) 호랑이
굴에 얽힌 '김호(金虎) 이야기'를 써서 보냈더니 입선 통지와 함께

얼마간의 돈을 보내왔다.

그래도 집사람과 혼삿말이 오고 갈 적에 국문학과 같으면 밥도 못 먹는다고 극구 반대하던 전력이 있기 때문에 집사람은 한결 반가운 기색이었다.

그 뒤로 직장생활에 쫓겨 사내 회보에 간혹 글을 올리는 것 외에는 문학과는 등지고 살아오다가 돌아가신 은사와 지인의 권유로 문단에 들어가 글을 올리자 제일 먼저 이를 본 가족이 대뜸 하는 말이 "당신 어디서 베껴 썼어요" 하는 것이 아닌가.

이 모든 것은 국어 대사전에 다 수록되어 있다고 웃음으로 넘겼지만 가장 가까운 내 주변에서부터 내 글 솜씨를 하찮게 여기는 걸 보면 많은 독자들에게 어필하기엔 애당초 글렀구나 하는 생각이 들어 중도에 그만 두려고 하였으나 재주와는 별개로 자꾸 마음이 끌리는 것을 보면 그래도 어리석은 짓이라도 한 번 해보자는 오기 같은 마음이 생겨 이젠 후회를 않고 틈나는 대로 글을 써서 투고를 요구하는 몇 군데 문학잡지와 향우회지에 발표하곤 한다.

이렇게 하는 데는 한국승가대학 원장이신 지안스님의 글 속에서 중국의 고승이신 마조스님의 마경대(馬鏡臺) 일화를 읽고 크게 감명을 받은 바 있다.

법당 앞에 앉아 좌선하고 있는 마조스님을 스승인 회양선사가 보니 잘못 되어도 한참 잘못 되어 있어 이를 깨우치게 하기 위하여 기왓장을 갈고 또 갈아 거울로 만들려고 하니 이를 지켜본 마조선사가 그때서야 자신의 어리석음을 뉘우치는 순간 크게 깨달았다는 일화로 지금은 마경대라는 표지를 세워 후진을 경계했다는 것이다.

나도 별 깊이나 사상과 철학이 척박한 졸필이지만 이를 본 많은 문인에겐 비교우위의 자신감을, 또 후진들에게는 '나도 저 정도의 글은 쓸 수 있다'는 생각만이라도 갖게 해준다면 반은 성공한 것이 아닌가 하는 마음으로 부끄러움을 접어두고 이 길을 걷고 있다.

그저 진솔한 마음 한 가지로 말이다.

화투놀이

나는 누구보다 화투놀이를 즐긴다.

지금 기억으로는 초등학교 3학년 때쯤으로 생각된다.

아버님이 기거하시는 사랑방에는 바둑 장기 마작 화투 등이 준비되어 있어 우리 집을 찾는 많은 사람들은 아버님이 계시건 안 계시건 상관하지 않고 모인 사람들끼리 오락판을 벌인다.

대개 점심내기 아니면 군것질내기에 불과할 뿐 돈내기를 하는 노름판은 아니다. 그래도 아버지보다 어머니께서는 친한 친구끼리 마음 상한다고 간곡히 말려 하지 못하게 하였다.

대신 어머님은 손수 끓이신 단술 등을 내주시며 잘 놀으라고 하시기 때문에 우리 어머님 말씀은 다들 잘 듣는 폭이었다.

그런 분위기 때문인지 난 어른들 등 넘어서 배운 장기실력이 꽤 되었다.

훗날 박보 장기판에도 덤벼들 만큼 촌 장기는 넘는 실력을 어릴 적부터 가진 터라 내가 혹시 훈수라도 할라치면 지는 쪽에서는 눈을 부라리며 내쫓기 일쑤였다.

그때 어른들 하시는 말씀이 "자네 자식 교육은 어느 정도 시켰는가?", 그러면 "많이는 못시켜도 장기판에서 훈수는 하지 않을 정도는 시켰네" 하는 농담이 가고 오는 틈에서도 부지런히 지켜보게 되니 간혹 둘 사람이 마땅치 않으면 나를 불러 두곤 했는데 십중팔구는 내가 이기는 편이라 내기 장기판이 벌어지면 자연히 내가 가까이 가는 것을 꺼리게 되었다.

그런 연유로 해서 방에 있는 화투장을 가지고 노는 경우가 자연히 많아졌다.

물론 아버지 몰래 말이다.

어머님 말씀이 다른 것은 몰라도 마작만큼은 하지 말라고 누누이 타이르신다. 관내 유지들과 마작판이 벌어지는 날이면 며칠 밤낮을 가리지 않고 뒤 수발을 해야 하기 때문에 어머님의 고초가 말이 아니었다.

바둑도 아버님이 두시는 순장바둑(순수한 우리 고유의 바둑으로 화점에 먼저 흑백 상호간에 돌을 두고 둔다)도 어깨 너머로 배워 즐기곤 했다.

훗날 생각하면 맹모삼천의 가르침의 의미가 무엇인지 알 것 같다. 이렇듯 일찍이 화투쪽을 만진 탓으로 도박의 병폐 또한 일찍이 터득한 터라 본분을 망각할 정도로 도박으로는 흐르지 않고 그저 친구들과의 심심풀이로 여가를 즐기는 편이다.

내가 서울로 와서 직장생활을 하는 동안에는 그럴 틈도 없고 직장 선후배 사이에 화투놀이할 상대도 마땅찮아 자연 손을 끊고 있다가 한 번은 부서 회식이 있어 잘사는 부장님 댁에 모여 회식을 하고는 예의 화투놀이를 하게 되었다.

나는 신참이라 뒤쪽에 물러앉아 조용히 지켜보고 있었다.

부서의 화목을 도모하는 자리이니 뒷전에 있지 말고 같이 하자고 권유한다.

그때 한 놀이는 화투 두 장을 가지고 끗발을 맞추는 '섯다' 판이었다.

처음 나는 잘하지 못한다고 사양하니 옆에 앉은 유선배가 자기가 가르쳐 줄 터이니 옆에서 하라고 하기에 못 이기는 척하며 참여하였다.

내가 말(끝)이었는데 앞에 분들이 다투어 돈을 걸고 오는데 내 차례가 되어 나직한 소리로(사실은 옆 사람이 들을 정도로) 구하고 둘인데 어떡하면 되느냐고 물으니까 그건 구땡이야 하시며 돈을 치라고 마구 재촉한다.

나는 못이기는 척 돈을 들이미니 앞서 돈을 댄 분들이 줄줄이 들어간다. 그 중엔 육땡, 오땡, 장뻥도 있었다. 내가 구와 둘이라고 하니 자연 구땡인 줄 알고서 들어간 것이다.

실은 한 끗이다.

나는 천연덕스럽게 돈을 모아들이고 나서 이것 가지고 먹어도 되느냐고 하니까 모두들 박장대소를 하면서 혀를 내두른다.

다음부터는 실제 끗발이 아니면 돈을 대지 않고 먹을 수 있을 적에만 돈을 쳐도, 또 거짓인지 알고 따라 왔다가 낭패를 당하곤 하여 그날 수입을 깨나 올렸다.

다음날 우리 부서의 직원들에게 한턱 내니 어찌 그렇게도 천연스럽게 행동하느냐고 하면서 우리 부서 최고의 섯다꾼이라고 지칭하는 것이 아닌가? 그 일로 해서 부서간에 모이는 회식자리에는 나를 꼭 끼우고 오락판에도 동참케 하여 본의 아니게 꾼으로 행세하게 되었다.

요즈음도 간혹 고스톱을 치면서 그때 일을 떠올리면 실소를 금할 수 없다.

감자를 탐한 판사

2007년도 6월 하순경 장마권에 접어든 시기라 하늘은 온통 구름으로 뒤덮여 언제고 한 줄기 소나기를 퍼부을 형국으로 무덥기 그지없던 때 나는 한 상자의 감자를 메고 서울지방법원 내 제일 위쪽에 자리잡은 판사실을 찾아 구슬 같은 땀을 흘리며 찾아간 것은 감자를 탐한(?) 판사에게 전해주기 위해서다.

전날 나는 지하철을 타고 사무실로 출근하는 길에 예의 평소 습관대로 지천으로 나눠주는 무가지(無價紙)를 들고 읽고 있었다.

대충 훑어보는 재미와 지루한 시간을 때우는 심사로 버릇처럼 되풀이하여 가벼운 마음으로 읽어온 터이다.

이날도 무더위는 극성을 부려 온몸과 마음이 젖어 있던 참인데 한 가닥 맑은 가을 하늘처럼 삽상한 칼럼을 보고 멍하니 앉아 오다가 내렸다.

칼럼을 쓴 분은 현직 서울지방법원 이모 판사가 본인이 재판한 사건에 대한 소회였다.

대강은 이러했다.

초범으로 죄를 지은 강원도의 어느 젊은이의 정상을 참작하여 실형을 매기지 않고 집행유예로 사회에 나가 바른 길을 걷도록 배려한 재판의 과정과 심정을 담담하게 쓴 글이었다.

이때까지 평범한 소시민으로서 권부를 바라보는 시각이 곱지만은 않은 것은 그간에 살아온 세월이 피해의식으로 점철된 굴곡의 세월이 길었기 때문이 아닌가 생각해 왔는데 그것이 아니구나 하는 생각이 이 판사의 판결의 심정을 읽고 우리나라 사법부의 장래가 결코 어둡지만은 않구나 하는 생각을 가지게 된 것은, 다반사로 일어나는 평범한 판결에 이토록 깊이 있는 배려와 인간미 넘치는 심성으로 차가운 법조문의 인용에 앞서 전후의 사정을 고려한 이 판사의 사려 깊은 마음이야말로 우리 법조계를 올곧게 인도하는 이정표가 될 것이라 굳은 믿음을 가지게 되었다.

구속을 면하고 집행유예로 풀려난 청년을 잘 훈계하여 석방하니 떠나가면서 그 청년이 판사에게 한 말이 "이후부터는 나쁜 짓을 안 하고 고향인 강원도에 들어가 농사를 지으며 착실하게 살겠습니다. 그리고 감자를 농사지어 내년에는 판사님께 감자 한 상자를 꼭 갖다 드리겠습니다" 라고.

그러나 세월이 흘러 약속된 시간이 지났는데도 아무런 소식이 없자 혹시나 또 나쁜 유혹에 젖어 범죄의 길로 들어가지 않았나 하는 걱정 어린 심정으로 칼럼을 쓰게 된 것이다.

나는 바로 이 점이 신선한 충격으로 받아들여져 그 청년을 대신하여 이 판사를 찾아보아야겠다는 생각이 들었다.

나는 법률에는 문외한이나 다름없다. 다만 명백한 법조문에 의거 재판이 진행되고 형량이 결정된다는 것 이외의 말이다. 그러나 법이 아무리 준엄하고 지켜야 할 덕목일지라도 인간성이 결여된 법의 운용은 싸늘한 기계가 아닌가?

불가에 귀의한 어느 고승도 부모님께 효도하기 위해 엄한 계율도 어겼다는데…….

얼마 전에 우리나라 검찰에서도 플리 바게닝(Plea Bargaining) 제도를 도입할 것이란 기사를 읽은 적이 있다.

피의자가 범행을 자백하거나 또는 제삼자의 범행에 대해 결정적 증언을 하면 수사단계에서 죄를 면해 주거나 형량을 감해 주는 '유죄협상제도'를 뜻하는 것으로 이 제도가 성공할지, 유익한 제도인지를 따지기 전에 판사는 법과 양심에 따라 재판한다는 절대적이지만 평범한 상식을 믿고 있었다.

이러한 나의 믿음에 대한 증거와도 같이 이 판사의 칼럼은 신선한 충격으로 받아들여져 그 청년을 대신하여 판사에게 감자를 가지고 온 것이다.

"판사님 누가 갚으면 어떻습니까?"

그 사람의 이름도 얼굴도 모르지만 그 사람을 대신한 무위(無爲)의 연(緣)으로 해서 그 청년은 앞으로 바른 길을 걸을 것이란 확신이 나의 마음에 가득 차올랐다.

불가에서는 공덕의 보시(布施)는 언젠가는 반드시 돌아오게 되어 있다고 가르치고 있으며 이런 정신으로 살아가면 굳이 내세가 아닌 이 세상에서도 불국정토는 이루어지리라는 소박한 믿음을 갖고 살아가고 있다.

"판사님의 따스한 배려가 식지 않는 한 그 청년은 반드시 개과천선하여 밝은 세상에서 살 것이라 믿습니다. 이 감자는 비록 서울에서 구입했지만 강원도 감자임을 확인하느라고 가격은 좀 비싸도 대형 백화점에서 샀습니다. 끝으로 부탁 말씀을 드리는데 저가 가져온 이 감자를 그 청년의 약속으로 받아 주시고 값어치로는 별 것 아닐지 몰라도 꼭 집에 가지고 가서 잡수시고, 만일 그렇지 않으시다면 내가 도로 가지고 가겠습니다."

확답을 받고 돌아오는 나에게 정중하게 잘 가시라는 인사말이 그렇게 아름다울 수가 없어 간곡한 기원을 마음 속으로 드리고 왔다.

그 정신 길이 살리시어 향후 한국 법조계에 달존(達尊)의 경지에 오르시어 가난한 자의 어두운 그늘을 거둬 주십사 하고.

봄날은 갑니다

사형(詞兄)! 오랜 세월 다져진 우정이기에 이 봄이 가는 것이 참으로 가슴 아픈 계절로 다가옵니다.

사모의 푸른 샘을 촉촉이 적셔주는 그리움을 실은 단비는 어느새 눈물처럼 붉어져 봄날은 성큼 다가왔다 아련히 떠나가네요.

누구의 부름도 보내는 이의 전송도 없이 그저 그렇게 자연의 섭리는 무서우리만큼 엄격하게 저 광대무변의 공간을 휘몰아 한 치의 오차도 없이 가고만 있습니다.

그저 바라보는 이의 육신에 세월의 앙금만 덮어주고 소리 없이 가고 있습니다. 쪽빛 바다 넘어 숱한 애환을 싣고 온 바람이 불어와 꽃의 향연과 더불어 꾀꼬리 맑은 울음에 기쁨을 맞이하는가 했는데, 그리움만이 아닌 외로움마저도 친숙해지는 계절이더이다.

고개를 들어 하늘을 바라보노라면 물기 묻은 뒤쪽으론 쓸쓸함도 더불어 묻어오는 계절이기에 청자빛 하늘 아래 망연히 젖노라면 날개 가득 싣고 와서 조는 듯 뿌려주고 간단없이 가고 있는 봄.

사형, 눈부신 봄볕에 실눈을 뜨고 바라보는 먼 산이 좋아 봄날은 이렇게 조용히 가는가 봅니다.

사람이 사는 곳에서는 언제나 수많은 애착과 인연의 꽃이 피고 또 지지 않습니까? 비록 이름 모를 야생의 꽃 한 송이도 그 나름의 분(分)과 역(役)이 있어 무한한 생명력을 발휘하며 향(香)과 색(色)으로 한 세대를 장식하기 때문에 그 속엔 귀천을 가리기 힘든 신의 역사가 깃들어 있을 게 아니겠습니까?

모든 살아있는 생물들이 아름답게 생동하는 봄.

항차 인간으로 태어나서 한세상 사노라면 바람처럼 스쳐 지나가는 찰나의 연이라도 애틋하고 순간의 아름다움도 진실로 가슴에 쌓이는데 어찌 우리의 우정이 하찮은 것이라 외면할 수 있겠습니까?

언젠가 사형이 '좋은 것이 선(善)'이라 말씀하시며 호기 있게 술잔을 드셨지요.

오고 또 가고 쉬엄쉬엄 가더라도 이미 정해진 길인데 그저 바쁘게만 허덕이다 보니 내 심성 올곧게 다듬지 못한 어리석은 삶이 후회스럽기 한이 없습니다.

그러나 사형, 우리들 마음 깊이 담아온 따스한 체온이 아직 식기 전에 누군가를 위해 비워둔 마음의 여백에 진실한 사랑을 관조할 수 있는 순수한 영혼의 소유자만이 사랑을 향유할 수 있다고 하기에 하늘을 향해 소리쳐 봅니다.

아 우리의 우정을 싣고 봄날은 간다고.

두텁게 감춰진 정의 파장이 사형을 위한 노래를 부를 수 있다면 봄이여 잘 가라고.

"연분홍 치마가 봄바람에 휘날리더라."

지난날 우리들 누나가 불렀던 애절한 가락이 가슴을 적시어 줍니다.

그리움은 하늘 높이 날아가고 애틋한 정이 해 저무는 강변에 땅거미처럼 적셔 옵니다. 몽환의 이 계절을 사형과 함께 잔을 들어 보내고 싶습니다.

영원한 우정을 위해서.

문상

선고(先考) 초상 때의 일이다.

갑작스런 부음을 받고 서울에서 큰댁인 부산으로 총망중에 달려 오느라고 다니는 직장 이외에는 친구나 지인들에게는 아무런 연락을 취하지 못하고 내려왔다.

평소 지역에서 종친회 회장으로 있으면서 친척이나 친지분들의 길흉사에 결하지 않은 형님의 평소 처신으로 해서 상청에는 많은 조화와 함께 문상객이 끊이지 않았다.

나는 슬픔을 달래며 조용히 시키는 일에만 매일 뿐 장례에 대한 번거로운 절차들은 형님이 알아서 처리하기 때문에 한결 부담 없이 지낼 수 있었다.

문상 오신 분들이 상문하는 동안 가벼운 곡을 하고 감사의 인사를 올리는 것으로 내 소임을 하고 있었다.

현지의 문상객은 형님의 지인들이라 얼굴을 잘 모르는 탓으로 인사하기에만 몰두하였다.

내가 근무하는 직장에서도 전세 버스를 내어 많은 동료들이 문상을 와 주어 고마운 마음 그지없어 그 분들의 뒷바라지를 하느라 며칠간 정신없이 지내고 있던 삼일째 되던 날, 분주히 문상객을 맞고 있는데 웬 청년이 혼자 와서 예를 올리고 난 후 나를 바라보며 각별히 인사를 한다.

누군가 하고 자세히 보니 몇 년 전에 우리 회사에서 임대한 접객업소의 종업원 김군이다. 천만 뜻밖이었다.

그가 근무하던 때는 직장의 정규직원도 아니고 해서 건성으로 대하다가 시간이 흐를수록 착실한 근무 태도가 눈에 띄어 차츰 호감을 가진 터인데 내가 사내 순시하러 간혹 들르면 맞이하는 태도가 정성스럽고 상냥하여 자연 격려의 말도 주고받으며 지내게 되어서 자기 신상에 관한 것도 격의 없이 논의하게 되어 김군의 장래를 걱정하는 의미로 이곳 야간업소에서 근무하면 보수는 좀 나을지 모르나 장래성이 걱정되니 처음에는 고생스럽더라도 올바른 직업을 택해 열심히 일하면 언젠가는 보상을 받는 법이라고 진지하게 말하였더니 심각하게 듣던 김군은 자기도 그렇게 생각하고 있으나 계기가 되지 않아서 망설이고 있다며 감사하는 마음으로 받아들이는 것이었다.

어느 날 계약 해지와 더불어 소식 없이 헤어지게 되고는 영 소식 없이 지내온 것인데 불쑥 나타나 문상을 하는 것이 아닌가?

약삭빠른 친구들은 이해가 얽히고 서로간 오고감이 없으면 나

몰라라 하는 처지인데 어떻게 알고 천리 길을 왔느냐고 물으니, 그간 하도 궁금하여 안부를 물으려고 회사에 전화했더니 상을 당하여 부산으로 내려갔다는 소식을 듣고 주소를 물어 예까지 왔노라고 대답한다.

나는 너무나도 고맙고 감격했다. 이럴 수가 없는데 말이다.

지금도 한 가지 아쉬운 것은 그가 돌아갈 때 왜 차비라도 주지 못했나 하는 마음이다.

서울서 온 분들에게는 돌아갈 때 쓰라고 형님이 돈을 주어 전세버스로 해운대에 들러 회를 실컷 먹고 왔다고 훗날 자랑삼아 이야기하는데 말이다.

내가 남의 상가에 문상한 것은 어린 중학교 시절이다.

한 학년 친한 친구의 부친이 돌아가시어 몇몇 친구들과 문상을 가게 되었는데 난생 처음이라 사전에 아버님께 물어 문상 절차를 가르침 받고 내가 앞장서 예법에 맞게 잔을 올린 것이다.

아버님의 말씀이 사람이 살아가면서 길흉사간에 수많은 일들을 만나게 되어 있는데 찾아 볼 곳은 어떤 일이 있어도 예를 결하여서는 안 된다고 하시며 하시는 말씀이 "아무리 친한 친구라도 자기의 상사에 세 번 빠지면 등을 돌리게 되고 반대로 아무리 감정이 나빠 원수같이 지내는 처지도 세 번 큰일에 찾아주면 앙금을 씻고 벗이 된다"고 하시며 앞으로 살아가면서 꼭 지키라고 하신 기억이 새롭다.

그 이후로는 항상 고마운 마음으로 자주 전화를 하면서 안부를 묻고 지내는 가까운 처지가 되었다.

성실한 사회생활로 해서 제법 착실한 기반을 이루어 남부럽지 않게 살아 왔는데 하루는 느닷없이 찾아와 측은한 목소리로 자기가 중병에 걸려 병원 신세를 지고 있노라고 말하면서 울먹인다.

무슨 말로 위로를 해야 하는지 몰라 멍하니 있다가 진심으로 용기를 내라고 당부하고 내가 키우던 동양란 화분을 주면서 마음을 굳게 다져 꼭 병마를 이기라고 격려하고 보내면서도 마음은 편치 못했다.

며칠 후 전화가 와서 받으니 병약한 목소리로 한 가지 부탁할 말씀이 있다고 하기에 그래 무엇이든지 말하라고 하니 그동안 감사하다 하면서 꼭 형님이라고 부르고 싶다고 하지 않는가. 그래 좋다고 하니 말이 떨어지기 무섭게 큰 소리로 "형님" 하고 부른다.

나도 "그래 아우야" 화답하고 전화를 끊었다.

며칠 후 그가 돌아갔다는 부음을 받았다.

급히 조화를 보내고 달려가니 죽기 전에 내 이야기를 들은 온가족이 나를 친 형님처럼 여기어 나를 붙들고 대성통곡을 하니 나 또한 하염없이 눈물을 흘렸다.

"김군, 아니 사랑했던 동생아. 부디 아픔이 없는 저세상에서 편히 잠들어라."

감칠맛

우리나라 어휘만큼 다양하게 수식하는 언어는 세계적으로 단연 으뜸이라고 학자들은 말한다. 그 중에서도 감칠맛이란 단어는 정감이 있어 좋고 외국어로는 잘 표현되지 않는 단어라 우리 국어의 깊이가 녹아나 있어 한결 친근한 맛이 나서 좋다.

감칠맛이란 첫째 음식이 입에 당기는 맛 다음으로는 사물이 사람의 마음을 끌어당기는 힘이라는 명사인데 어떻게 보면 형용사보다도 깊이 있게 표현하는 단어라고 생각된다.

나의 고향 근동에서 웃지 못할 송사 사건이 일어났는데 지서(지금의 경찰 지구대) 담당 경찰관이 어린 시절 자라면서 들어온 어휘에서 오는 연상 하나로 명쾌하게 처리하였다는 이야기를 전해 듣고는 한 번 더 우리나라의 표현력이 세계적이란 것을 알 수 있어 긍지보다는 실소를 머금은 일이 있었는데 다름 아닌 감칠맛이란 단어다.

이 단어 하나로 한적한 시골에서 일어난 골치 아픈 분쟁을 시원스럽게 처리한 것이니 결코 음담패설을 농하려는 것은 아니다.

살림이 제법 짭짤하고 혼자 사는 시골 할머니 댁에 마을 사람들은 무시로 드나들어 세상사 이야기도 하고 연속극도 보면서 밤늦게 놀다 가곤 했는데 그 중엔 매일같이 드나드는 젊은이도 있었다.

하루는 장마철이라 비가 억수로 쏟아져 부득불 방 한구석에서 잠을 자게 되었다. 사단은 이때 일어났다.

잠이 들어 한숨 자고 목이 말라 물을 찾아 어딘가 하고 더듬다가 그만 할머니를 어둠 속에서 끌어안고 말았다.

새벽에 일어난 할머니로선 곰곰이 생각하니 큰일이다.

철딱서니 없는 녀석이 동네방네 소문을 내고 다니면 그 망신살이 말이 아니다. 생각하다 못해 이왕지사 일은 벌어졌으나 먼저 경찰에 신고하여야 망신은 면하리라는 생각으로 꼭두새벽에 경찰에 신고하게 되었다.

전후사정 이야기를 듣고 난 경찰은 할머니의 심정을 헤아리고 바로 그 젊은이를 불러들였다.

그런데 청년은 완강히 부인하는 것이 아닌가, 말도 안 된다면서.

할 수 없이 할머니와 청년을 대질시켜 이야기를 시키니 청년은 그때도 마찬가지로 부인하다가 궁지에 몰리니 하는 수 없이 하는 말이 "잠버릇이 고약해 뒤척이다가 잠결에 발가락이 혹시 그랬는지 모른다"고 했다.

이 말을 들은 할머니가 일갈했다.

"내 나이 몇인데 그 맛하고 발가락 맛을 구별 못하겠나? 발가락 맛이 그렇게 감칠맛이 날 수 있느냐?" 하는 것이 아닌가.

그 순간 담당 경찰은 어릴 적 자라면서 할머니가 하시던 말이 떠오른다.

집안에 큰 잔치가 있는 날이면 진두지휘하여 음식 맛을 보면서 일일이 지도하신다.

"음식은 감칠맛이 나야 하느니라."

"초를 조금 더 쳐라"든지, 어느 때 혹 귀한 음식이 들어오는 날에는 그냥 잡수시지 않고 칭찬을 아끼시지 않으신다.

"참 감칠맛이 있네" 하시곤 했다.

그땐 어떤 맛이 감칠맛인지 모르고 그저 인생을 오래 살면서 터득하는 지혜의 식견이라고 생각하고 있다가 이 순간에 그 생각이 떠올라 담당 경찰은 할머니 말이 결코 거짓이 아님을 알고 말썽 없이 해결하기 위하여 머리를 짰다.

"내가 들어보니까 이 일은 서로 없던 걸로 하는 것이 좋겠습니다. 그러니 이 이후에 이 일을 이야기하는 사람은 무고죄로 벌을 받도록 하겠으니 특히 젊은이는 입을 굳게 닫고 지내게" 하며 판결을 내렸다.

참으로 감칠맛 나는 판결이다. 그 감칠맛에 향기가 은은히 피어나는 느낌이 든다.

제 **4** 부

청량사 삼절

길 따라 가세요

청량사 삼절
(淸凉寺)　　(三絶)

우리 역사 속에 명멸(明滅)해 간 수많은 조선조 문학자 중에서도
나는 유독 백호 인제를 흠모한다.

명종 · 선조에 살다 간 그이만큼 호방하며 멋진 삶을 살다 간 이
는 드물다고 생각해서이다. 당대에 송도삼절(松都三絶)이라 스스로
자칭하며 한 세상을 풍미하며 살다 간 황진이 무덤에 시 한 수를
지어 그를 만나지 못한 한을 위로한 것이 빌미가 되어, 그것도 지
엄한 왕명을 받들고 서도병마사로 제수 받아 임지에 부임차 가던
길이었기에 기생의 묘에 제사지냈다는 모함으로 봉고파직(封庫罷
職) 되었던 인물이라, 나는 항상 그의 행적을 더듬으며 사나이로
태어나 참으로 멋있게 살다 간 분이라고 생각하고 있다.

그 후론 벼슬길에 연연하지 않고 명산대천을 찾아다니며 호연지
기를 기르며 자유분방하게 시문에 정열을 쏟았던 터라 폭 넓은 도

량을 가늠할 수 없는 인물로 존경해 마지않는 선비이시다.

이러한 상념을 머리에 기리며 한국불교문인협회 제16차 심포지엄에 사회자로 참석하기 위하여 2004년 9월 4일 난생 처음으로 경북의 내지인 봉화군에 소재한 청량산 청량사를 찾았다.

백두대간의 장엄한 능선에 위용을 뽐내며 솟아 있는 소백산 그 아랫자락에 조용히 자리잡고 있는 봉화땅, 낙동강 진원지인 명호강이 흐르는 곁을 따라 아름다운 38번 국도를 지나다 보면 시름을 잊고 맑은 물소리를 들을 수 있어, 평소 낙동강하면 흙탕물을 연상하던 터라 생각의 뒤바꿈이 이렇게 감동적일 수 있을까 하고 잠시 여유를 가지다 보니 바로 굽이굽이 돌아가는 청량산 입구에 다다랐다.

숨은 명성에 걸맞는 수많은 설화와 전설을 간직한 청량사는 신라의 명필 김생이 글씨를 썼던 김생굴, 원효가 건립했다던 내·외 청량사, 의상이 창건하였다는 유리보전, 고려조 홍건적의 난을 피해 공민왕이 이곳에 잠시 은신하였다는 오마대(五馬臺) 등등의 사적들이 듣고 보는 이로 하여금 자연스레 옛날로 인도하여 주는 신비감을 간직한 곳이기도 하다.

특히나 우리 불교문학인들이 이곳을 찾는 큰 이유 중에 한 가지는 조선조 대석학이신 퇴계 이황 선생이 이곳을 찾아 수도하면서 산에 관해 쓰신 시 51편과 '청량산록발'이 있어 더더욱 의의 깊은 곳이 아닌가 생각한다.

비록 많은 숫자는 아닐지라도 참으로 뜻 있는 문인들이 모여 행사를 끝내고 저녁 공양을 마친 후 주지 석지현(釋智玄) 스님의 호의로 유리보전 앞 석탑에 좌정하여 차를 마실 시간을 가졌다. 이곳의 탑 앞에는 지형적인 이유인지 탑돌이를 하기 위해 탑 주위에 마루를 깔아 신발을 벗고 올라가서 참배할 수 있도록 되어 있어 노염(老炎)이 가신 청량한 가을밤을 운치 있는 산록을 바라보며 주지스님의 활구법문(活句法文)을 듣는 시간은 평생 잊을 수 없는 자비의 시간이라고 생각이 되어졌다.

따라서 주는 다향(茶香)에 젖어 머리를 들어 산봉우리를 바라보노라니 선경이 예 아닌가 하는 감탄이 절로 나온다.

들뜬 우리들에게 차분하게 청량사의 창건 신화를 들려주는 주지승의 목소리는 청량한 풍경소리가 되어 귓가에 맴돌고 유리보전 앞에서 청청정하게 푸르름을 자랑하고 서 있는 우총삼각송(牛塚三角松)에 얽힌 전설은 한층 더 신비감을 더해 주고 있었다.

내용인즉 870미터의 청량산 문수봉 아래 험준한 산록에다 절을 짓노라니 자재의 운반에 애로가 많았는데 아랫마을에 뿔이 세 개 달린 소가 어떻게나 고집이 세던지 주인이 감당하지 못하다가 스님의 청을 받아들여 소를 스님께 시주하게 되었는데 이 소의 힘을 빌려 절을 무사히 창건하고 난 후 지쳐 쓰러진 소의 무덤을 그간의 공적을 생각하여 대웅전(유리보전) 앞 공터에 묻었더니 그 곳에서 소나무가 자라나 오늘날 보는 것같이 굵은 가지가 세 가닥으로 자라나 우총삼각송이라고 칭하게 되었다고 들려준다.

주지승인 석지현 스님은 단아(端雅)한 체구에 비속하지 않으면서도 결코 교만하지 않은 얼굴에 웃음꽃이 피어날 때는 어찌 이 험준하고 가파른 골짜기에 천 년 고찰을 새로이 중창하고 지역 사회에 헌신적인 봉사로 불심을 심어 주었으며 모든 종교를 아우르는 포용심으로 6천 명이나 모여드는 산사 음악회를 계획하고 실행에 옮길 수 있었던 원동력은 과연 어디에 숨어 있는 것인가?

아무튼 부처님의 가피 속에서 종교와 이념을 초월하여 신부 목사 수녀 등 타종교의 성직자까지 무대에 서게 한 것은 우리 불교의 너른 마음과 이를 담아 옥구슬처럼 꿰맬 수 있는 주지 스님의 영롱한 지혜의 소산이 아닐 수 없다는 생각이 든다.

부처님 오신 초파일 날 영검한 산봉우리에 조명등을 설치하면 산봉우리 자체가 하나의 연꽃이 되어 하늘로 두둥실 떠오르는 장관을 연출한다고 하니 이를 어찌 보면 불국정토가 현실화된 것이 아닐는지?

오늘 밤도 조명발을 받은 산봉우리를 바라보는 우리들 시야에 깊어 가는 가을밤과 더불어 자비로운 부처님의 현신이 웃음 지으며 조용히 자리잡고 있어 두 손 모아 합장해 본다.

유일하게 달이 서쪽에서 뜬다는 청량사, 뜨락에서 바라보면 동편의 큰 봉우리에 막혀 달빛이 서쪽에 자리잡은 연화봉에 비치기 때문에 서쪽 하늘부터 밝아 와서 달이 서쪽에서 뜬다고 하였던가?

아무튼 어느 하나 그냥 듣고 넘길 수 없는 이야기들이 신비감에 젖어 이곳 산사를 찾는, 고뇌에 시달리는 수많은 중생들에게 한 줄기 청량한 바람이 일어, 그리하여 내 청량산 청량사를 보고 왔노라고, 늦게 찾아옴을 한하며 몇 번이고 잘 왔다고, 그 절경과 청량함을 가슴에 담아 왔노라고, 그 비경을 머리에 각인시켜 새겨 왔노라고, 그 영검함에 몸 적셔 왔노라고 말하리다.

그 밤 다향이 식어 갈 무렵 난 모이신 분들에게 이곳에 와서 생각한 청량사(淸凉寺) 삼절(三絶)에 대하여 이야기하고 웃음 띤 박수로 동의를 구하였다.

제1절은 청량사를 꽃 속처럼 품고 있는 연화봉, 문수봉, 반야봉, 금탑봉, 축용봉, 금탑본 등 육봉이요, 제2절은 유리보전 앞에 침묵으로 절의 역사를 지켜 주고 있는 우총삼각송이요, 제3절은 숨 막히도록 수려한 이 경관에 폐사나 다름없던 청량사를 피나는 노력으로 오늘의 대명성의 사찰로 이룩하신, 전설 속의 삼각우(三角牛) 대신 경운기를 몰고 시주를 다니시며 구름과 이슬과 땀으로 산문을 지은 석지현 스님이시다.

내 일찍이 재가(在家) 불자의 한 사람으로 알량한 세속의 지식과 철학적 고뇌로 종교에 의구심을 품어 온 것이 사실인데 이젠 다 훌훌 털어 버리고 마음껏 부처님의 자비를 믿으리라는 생각을 다짐하면서 하산하였다.

청량사, 내가 본 존재 미학의 정점에 자리잡고 있는 이곳에 언젠가 다시 찾아오마라고, 내가 아는 지인들에게, 특히나 장남이 아니면서 맏이의 굴레를 짊어지고 평생 가문과 형제들을 위하여 말없이 희생하며 욕심 없이, 그리하여 이 한 세상을 처연하게 살아오신 우리 형님을 모시고 와서 위로의 시간을 갖겠다고 다짐하면서 뒤돌아본 청량산의 해짐이 무겁게 내리고 있었다.

살가운 어머님 편지

서울에서 막 직장생활을 시작한지 얼마 되지 않아서 고향 집에서 부쳐 온 한 통의 편지를 받았다.

겉 표지에 쓰인 낯익은 아버님의 글씨가 반갑기 그지없었다.

내가 살아오면서 우리 아버님만큼 붓글씨를 잘 쓰신 분을 별로 보지 못했다. 특히 세필은 참으로 잘 쓰신 분이시다.

내가 중학교에 막 입학한 후 노트를 준비하여 공부할 때 아버님께서 손수 전체 노트 표지에 과목별 제호와 학교명 학년 번호 등을 손수 적어 주시며 공부하라고 하신 덕분에 나는 언제나 노트 정리는 깨끗하게 하지 않으면 안 되었다.

그때는 유달리 학교에서 노트검사가 많았고 참고서가 부족한 실정이라 학교 공부는 전적으로 수업시간에 가르쳐 준 내용을 노트에 옮겨 적어 익혀야 했다.

하루는 노트 검사를 마친 후 선생님이 하시는 말씀이 노트 표지의 글을 누가 썼느냐고 물으신다. 각 과목마다 선생님이 공통으로 물으신다.

아마도 인쇄보다 더 선명하게 정자로 다듬어 적으신 바라 선생님들도 감탄해 마지 않았다.

하기야 일찍이 서당을 다녀 한학을 배우시고 일제하에서는 심상(尋常) 소학교를 다녀 평생을 붓으로만 살아오신 분이고 말년에는 향교의 전교(典敎)를 하신 분이시다.

집안 내력을 담은 족보도 가첩으로 손수 써서 항상 지니고 다닌 터이라 지금 생각하면 인쇄보다도 더 정밀하게 쓰여진 것이라고 생각된다.

이런 사유로 나는 노트정리에 각별하게 조심하고 깨끗이 기록하여 기말 시험 때가 되면 내 노트를 빌려보고자 하는 친구들에게 선심을 쓰면서 과자나 풀빵을 얻어먹는 재미도 제법 쏠쏠했다.

글씨 못지 않게 내용도 항상 근엄하여 교과서적인 훈계로 일관되어 있어 무거운 마음으로 개봉하고 보니 그것이 아니었다.

어머님 편지였다. 이제까지 내가 알기로 일자무식한 우리 어머니의 편지가 아닌가? 한편 놀라고 신기했다.

지금 살아 계셔도 백수가 넘으신 터이라 그 시절 시골에서는 서당 이외의 교육기관이 없고 더군다나 여자들의 배움이란 생각하기 참으로 어려운 때이다.

이런 어머니가 지방에서는 유식한 아버님과 사시느라고 마음고생이 많았으리라고 생각이 든다. 그래서인지 아버님이 이야기하고 말하는 가운데 문자를 쓰면 외어 두었다가 당신도 사용하기를 즐겨 하기도 했다.

어머님은 참으로 머리가 비상했다. 특히 암기력은 누구도 따를 수 없는 바로 모든 기록을 일목요연하게 정리하여 한 치도 빈틈없이 일을 처리하는 아버지도 혀를 내두를 지경이다.

대소간의 제삿날이나 웃어른들의 생신날, 자식과 조카들의 생일 날은 물론이고 가까운 친척들의 길흉사 날을 모두 외워서 사전에 준비하고 찾아보는 일을 한 번도 거른 적이 없는지라 그 비상한 암 기력에 주위 사람들이 놀라워 했다.

이런 연유로 주위에서는 어머님의 칭송이 많았고 친척이나 인근 가까운 사이의 집들에서 혼사가 있어 신랑될 사람이 선을 보러 오 면 우리 어머님을 모셔서 신랑의 됨됨이를 평가해 달라고 하여 자 주 갔다 오는 것을 나는 어릴 적부터 잘 알고 있다.

갔다 와서 신랑이 괜찮다 싶으면 두고 하시는 말씀이 있다.

"키꼴남상하더라."

어릴 적 나는 신랑이 '키가 크고 잘생긴 말이구나'고 생각했는 데 훗날 중학교에 들어가 한문을 배운 후에야 그 말이 귀골남상(貴骨男相)임을 알았다. 이런 어머님이 큰 자식들이 다들 공부하거나 직장을 얻어 객지로 출타한 후에 막내와 데리고 있던 손자에게서 글자를 배워 이렇게 편지를 쓰다니 나는 참으로 민망하고 감격하 여 무어라 말할 수 없는 심정이 들어 편지를 읽을 수가 없었다.

곤란한 형편에서도 내가 아들 손자 책보자기 열두 개를 쌌노라 고 하시며 대견해 하신 그 넉넉한 모습이 그립다.

군 당국에서 몇 번이고 훌륭한 어머니 상을 받으시고는 또 드리려고 하면 받지 않겠다고 사양하신 분이시다.

나는 왜 어머님을 모시고 있을 때 한 자라도 가르치지 아니하고 그저 그러려니 하고 안일하게 지냈는가? 자괴감이 들어 편지를 읽기 시작했다. 철자법이랑 문맥은 고어(古語)보다 아니 이두문(吏讀文)보다 더 해독하기가 어려웠다.

그러나 나는 어머님의 편지에 적은 글보다도 몇 십배 더 잘 알 것 같다.

구구절절이 형제간의 우애와 손자의 안위를 걱정하고 신령님께 비는 내용이었다. 그땐 좁은 생각에 너무도 남세스러워 쉬이 감추어 지금은 어디에 두었는지 바로 폐기했는지 잘 기억이 나지 않는다. 여하튼 불효 막급하다.

지금 그 편지가 있으면 나에겐 둘도 없는 보물로 길이 보전하여 자식들에게 교훈으로 삼을 수 있을 텐데 말이다.

어머님 가신 지 두 번 이상의 산천이 변해도 나이 들수록 어머님이 그리워지는 자식의 마음은 한량이 없는 걸 보면 어른은 한 번 되고 아이는 두 번 된다는 말이 맞는 것 같다.

돌아가서도 웃음을 머금고 가신 너그러운 어머님, 이젠 당신의 그 살가운 편지에 눈물로 답신을 씁니다. 부디 하늘나라에서 편히 쉬시라고.

미필적 고의
(未必的 故意)

이 용어를 처음 접한 것은 대학 법학과를 장학생으로 입학하여 공부하던 C군이 우연한 술좌석에서 만나 이야기하던 중 뿌듯한 자부심을 실어 입에 침이 마르도록 설명하던 법률용어로 인문학을 전공한 나는 생소하고 의미심장하여 부러운 듯 듣고 있었다.

시골 학교의 중·고등학교 동기로 항상 상위급의 성적을 유지하고 성격도 쾌활하여 각별히 친하게 지냈다.

우리는 십대의 설익은 논리와 무언가를 이루어 보려는 야망을 간직한 채 이를 따라주지 않는 현실의 벽을 원망하면서 몇몇 친구가 모여 토론을 벌이면서 밤을 지새우기 일쑤였다. 토론이야 별것 없어도 자기가 읽은 문학 서적이나 간혹 선배들이 읽다 준 교양서적, 특히 때 지난 『사상계』의 시사문제들을 고등학생의 범주에 맞지 않게 제법 진지하게 토론하며 자기 주장을 펴기에 조금도 지지 않으려고 애쓴 기억이 새롭다.

　그때 나는 조금은 격에 어울리지 않게 책가방 속에는 『사상계』
가 항상 들어 있었다.

　토론 문화에 익숙지 못한 탓으로 때로는 자기 주장의 허구성도
간과하면서 목청을 높이고 궤변을 즐기는 한때를 보냈다.

　미필적 고의란 "불확실성에 관한 고의의 하나로 결과 발생 자체
는 불확실하나 만일의 경우 결과가 발생할지도 모른다고 인정하
면서도 그러한 결과 발생은 부득이하다고 용인하는 심리상태"라
고 설명하며 형법에서는 살인죄도 적용되는 용어라고 제법 교수
처럼 이야기를 할 때는 예전처럼 중간에 끼어들어 내 주장을 펴기
에는 너무도 거리가 멀고 모르는 처지라 조용히 승복하는 자세로
들었다. 옛날과는 정 반대로······.

　나는 이 용어가 그땐 참으로 의미심장하여 외워두고 있으면서
어디 사용할 일이 없을까 하고 지내다가 90년대 초에 한 번 그럴싸
하게 원용하여 칭찬과 함께 생면부지의 관광사업 경영자로부터
수고했다는 전갈과 함께 금일봉도 보내주어 받아 쓴 일이 있었다.

　정확하게 내가 당시 종사하던 관광업계의 기관지인 월간 『觀協』
지 6월호에 〈관광호텔 침대시트 방염처리규정 폐지해야 한다〉는
관광시론을 써서 발표하여 법 규정을 바꾼 일이 있었다.

　법이란 첫째 목적이 사회 질서 유지와 공공이익을 위한 것으로
그 법이 지켜지기 위해서는 의무자에게 필요성과 합리성이 인식
돼야 하고 나아가서 지켜 나가는 과정에서 제3자에게 불편과 피해
를 주지 않아야 하는 것이 보편타당한 입법 취지가 아닌가 하는 항

변으로 글을 썼다.

글이 발표된 이후에 이해관계가 있는 단체에서 항의와 회유의 손길도 있었으나 이 법이 그대로 존속하면 관광입국을 표방한 국가의 시책에도 어긋나고 관광객 감소는 불을 보듯 명확한 처사라고 하면서 이는 미필적 고의가 아니냐고 견강부회인지 몰라도 제법 열을 올려 반박한 경험이 있다.

며칠 전 〈보통시민이 이해 못하면 민법이 아니다〉라는 시론을 읽으면서 많은 생각이 들었다.

나는 법에 대해서는 잘 모른다. 특히 어려운 용어는 어디 민법뿐이랴. 모든 법률 용어가 판사, 변호사, 법학교수 등 법전문인들만 알아볼 수 있는 용어로 법이 되어서는 결코 안 된다고 생각한다. 우리 같은 소시민과 일반적 교육수준의 평범한 시민이 쉽게 읽고 알기 쉬워야 하지 않을까 하는 생각이 든다. 남들이 쉽게 알아 듣지 못하는 용어를 구사해야 권위가 서는 시대는 이미 지나지 않았나 싶다.

나에게 처음 전문용어를 설명하면서 그렇게 밝은 얼굴이던 친구도 경찰수장의 자리를 목전에 두고 애석하게 타계하고 보니 사바세계의 모든 것은 개시허망(皆是虛妄)인가? 아련한 감회가 마음 한 구석에 젖어든다.

앞서 간 친구의 명복을 빈다.

'사람아, 아 사람아'를 보고

늦가을의 하늘이 잿빛으로 물들어 을씨년스런 분위기가 도심의 거리를 휘감고 있는 오후 가로수의 잎이 뒹구는 사당동 거리에서 '사람아, 아 사람아' 의 문화전시관의 간판을 보는 순간 이심전심으로 문우 이형과 나는 발길을 옮겨 사진과 그림을 감상하며 망중한을 즐겼다.

전시회의 제호가 주는 조금은 무거운, 그러나 마음 한 구석을 조용히 두드리는 감회로 해서 우린 감상하는 도중 시종 작품이 우리에게 시사하는 바를 읽으려고 차분한 마음으로 작품 하나하나를 눈여겨 보았다. 지나온 날들의 어둡고 가난했던 시절의 애환을 반추하며 시간을 보냈다.

지친 삶에 어디 생채기 한 번 나보지 않은 사람이 있을까.

삶의 행로에서 무르팍 한 번 안 까여본 사람이 있을까.

혹 삶의 재주에 웃음 한 번 지어보지 않은 사람이 있을까.

그렇다. 이젠 잊고 살아오지만 살아온 길의 구절양양엔 희로애락이 점철되어 험한 질곡의 세월을 보내오지 않았던가.

아무리 어두운 세월이라 할지라도 따스한 체온과 눈길이 닿는 사람과 사람 사이의 이야기가 이어져 온 것이 바로 인간사이며 사회상이며 나아가 역사로 이어지는 진솔한 역사가 아니겠는가.

이러한 상념에 젖어 발끝에 휘날리는 낙엽의 잔해를 밟으며 귀로의 길에 사람과 사람의 만남이 단순한 인생여정의 도정에 불과한 것일까, 언젠가 먼 훗날 우리의 만남이 단절의 상황으로 이어져 끝날 때 그때 과연 웃으면서 지나온 일들을 추억으로 넘길 것인가, 연이면 삼킬 수 없는 울음으로 회한에 젖어 기나긴 밤을 불면으로 지샐 것인가.

난 '사람아, 아 사람아'에 겹쳐지는 나의 영상을 본다.

엉터리 이발사 노릇

무릇 세상만사에 어디 쉬운 일이야 있겠냐마는 우리가 하찮게 여기는 기술 하나도 많은 세월을 연마하여야 일정 경지에 도달하는 것이 아닌가 생각한다.

참으로 어처구니없는 일이지만 친구 민부 군과 나는 대학시절 같이 군에 입대하여 염천지하의 논산훈련소에서 훈련을 마치고 특수교육에 차출되어 부산 병기학교로 가게 되었다.

친구는 고교시절 자타가 인정하는 괴짜이다. 미술을 전공하여 교편생활을 하다가 지금은 부산에서 중견의 위치를 넘어 각종 협회의 간부와 심사위원으로 활약하고 있는 터이지만 그의 행동은 예술의 끼가 넘쳐 황당할 때가 많아 처음 대하는 사람은 크게 오해하는 수가 많았다.

훈련소에서 어느 정도 짬밥(군대용어로 군대 밥) 맛을 본지라 요

령도 생기고 임기응변도 늘어 차츰 군대에 적응하고 있을 시기였
다.

훈련소에서 쉬는 시간이면 예의 그 노래솜씨로 좌중을 웃기고
즐거움을 주는 덕택으로 조교로부터 제반 행동에 많은 특혜를 누
리고 지내며 훈련을 마쳤다.

처음 병기학교로 온 날 통칭 숙달된 조교로부터 엄숙한 교육을
받는 자리에서 사회에서 이발을 해본 기술자는 교육받는 동안 내
무반 생활에서 많은 특혜를 줄 터이니 두 명만 나오라고 한다.

순간 민부 군이 나의 옆구리를 찌른다. 우리 같이 나가자고.

평소 머리가 자라면 이발을 많이 해도 남에게는 단 한 번도 해준
경험이 없는 터인데 나가자니 말이 안 되지만 궁칙통(窮則通)이라
무슨 일이야 있겠냐 하는 안이한 생각으로 사회에서 이발을 했다
고 나섰다.

우리의 경력을 잘 아는 입대 동기 친구들이 의아해 하며 지켜보
는 가운데 둘이는 이발사로 차출되어 내무반의 모든 당번과 불침
번에서 면제되는 특혜를 누리게 된 것이다.

다음날 군 이발소로 가니 이발소 책임자로 있던 상사가 윗분 장
교에게 전화를 걸어 사회에서 익숙한 이발 기술자가 왔으니 어서
와 이발하라고 채근한다.

이젠 할 수 없다, 그야말로 될 대로 되라 하는 심정으로 나는 면
도기를 들고 친구는 가위를 들어 이발을 시작하였다.

결과는 불을 보듯이 뻔하였다. 그 당시 면도기는 지금과는 사뭇
달라 가죽혁대에 갈아 쓰는 접는 면도기로 입대 전에 본 대로 가죽

에 대고 가는 것까지는 좋았으나 다음이 문제였다. 한 군데가 아니고 세 군데나 베어서 피가 흐르고 나니 그만 들통이 나고 말았다.

친구 역시 마찬가지였다.

듬성듬성 자르고 나니 이발이 아니라 단발이었다.

보다 못한 상사는 성난 얼굴로 우리 둘을 불러내어 모진 기합을 넣고는 도로 원대 복귀하라고 야단을 친다.

둘이는 갈 곳이 없었다. 이미 내무반에서는 이발사로 차출된 관계로 모든 당번에서 면제되어 있어 다시 가서 이실직고하기엔 거리가 너무 멀었다.

우리 둘은 하는 수 없이 PX로 발길을 돌렸다.

그날 이후로 우리는 내무반에서 나와 가는 곳이 정해졌다. 다만 돈이 문제였다. 돈을 아껴가며 특수교육을 마치고 기성부대로 배치될 때까지 참으로 지루한 시간을 둘이는 보냈다.

그러나 참으로 값진 교훈이었다. 세상만사 하등 준비 없이 무턱대고 달려들면 낭패 보기 마련이다.

아무리 눈앞의 이익이 있다손치더라도 준비나 기술을 연마하지 않고 경거망동하게 덤비면 안 된다는 교훈을 뼈저리게 체험했다. 이런 교훈을 일찍이 체험한 때문에 우린 군대생활을 대과없이 잘 치루고 제대하였다.

제대하고는 바로 나의 자취방에서 같이 뒹굴며 한 달간 지냈다.

2학기에 복학하기 때문에 그동안 익힌 노래자랑 솜씨를 부산 문화방송국에 매일 나가다시피 하며 그때 크게 유행하던 남일해의 '이정표'를 불렀다.

이를 빌미로 주인아줌마와 근처에 사는 아낙네들이 이군을 초청하여 노래를 부르게 하고 나면 김치나 반찬거리를 주어 자취하는 데 찬값이 안 들어 큰 도움이 되었다.

비록 이발사는 엉터리였어도 전공인 그림솜씨는 탁월하여 매일같이 나의 비망록에 삽화처럼 그림을 그려 주곤 하였는데 많은 세월이 흐른 지금도 나는 소중히 간직하고 있다.

태생적으로 예술적 끼가 많아 황당한 일을 저질러 주위를 놀라게 하였어도 그는 참으로 오염되지 않은 순백의 사람이다.

그 순백의 여백에 예술의 혼이 깃들 때 불후의 명작을 남기지 않겠냐 하는 기대와 신뢰로 친구의 예술 세계에 거짓 아닌 진실이 깃들기 바란다.

반야암 해돋이

그토록 붉은 빛, 그것은 차라리 흰 빛이고 검은 빛이었다.

봄길 따라 천리를 간다는 심정으로 가까운 문우들과 함께 나들이를 겸해서 "호미든 관음상 봉안 50주년" 기념행사에 봉화산 정토원 탐방기를 낭독해 달라는 주최 측의 청탁을 받아 김해 봉화산 정토원을 방문하였다. 그리고 귀경길에 평소 존경하며 한국불교 문인선집에 격조 높은 문필로 초대석을 장식하는 조계총림 은혜사 승가대학원장 지안 스님을 찾아뵈었다.

통도사 반야암.

만물의 참다운 실상을 깨닫고 불법을 꿰뚫은 지혜, 온갖 분별과 망상에서 벗어나 존재의 참 모습을 앎으로써 성불에 이르게 되는 마음의 작용을 한다는 곳, 반야, 그리고 반야암.

그 수려하고 우람한 영축산 기슭에 자리한 반야암은 언제 와도 주위를 에워싼 송림이 올곧게 자란 모습과 더불어 영험한 지세에서 품어 나올 것 같은 보이지 않는 기(氣)에 나도 모르게 경건해지고 예참의 도량에 대한 불심이 일어 참으로 기분을 맑게 하는 곳이다.

몇 해 전 부모님의 천도제를 우리 형제들이 모여 지낸 곳이기도 하여 마음 속으로 고마움이 어려 있어 이곳을 찾을 때마다 항상 숙연해지기도 한다.

보는 이로 하여금 온화하고 사려 깊은 학승의 면모가 듬뿍 배여 있어 친근미를 더하는 지안 스님의 배려로 산자락 맨 위편에 자리하고 있는 숙소를 배정받아 쉬게 되었다.

방 앞과 옆 양편을 통유리로 축조하여 밖이 훤하게 바라보이는 전경도 좋고 한적하여 불경스럽게도 가져간 곡차를 담소하며 마시는 기분은 그야말로 비할 데 없는 터여서 늦은 밤을 지새워 문학을 논하고 인생사를 논하는 시간은 잠시나마 세속의 때를 벗을 수 있어 이곳에 온 것이 마치 선경에서 노니는 것 같아 마음 뿌듯해지는 것이었다.

중천에 떠오른 초열흘 달빛을 쳐다보는 문우들은 한결같이 서울의 보름달보다 더 밝다고 칭송하며 주위에 함께 비치는 별들을 헤아리며 속으로 아름다운 시를 짓고 고운 문장을 외어보며 노닐다 잠자리에 들었다.

아침 일출이 임박한 시간 서둘러 자리에서 일어난 나는 밖으로 나가 심호흡을 하며 간단한 맨손체조를 하고 난 후에 송림 사이로 떠오르는 아침 해를 맞이하였다.

그렇다. 난 말을 잊었다. 이제껏 살아오면서 보아온 어떤 일출의 경관보다도 21세기가 시작된다며 세계가 축제분위기가 되던 그 때보다도, 더 이렇게 맑고 강렬하게 비춰오는 태양열은 일찍이 본 바가 없었다.

'공즉시색이요 색즉시공이라' 반야심경은 우리들을 가르치고 있는데 그 붉은 색깔의 원천은 과연 무엇이란 말인가?

부처님의 자비인가, 비춰오는 태양의 순수한 기를 가슴에 담고 있으니 무아의 심정이 되어 가슴은 포만감으로 해서 아침의 공양도 잊고 서 있으니 차라리 그대로 바위가 되었으면 하는 소망으로 가득 찼다.

전날 행사시에 지관 큰스님의 법어에 인생사는 전도 후도 없다고 하신 말씀이 무엇을 의미하는지? 그 붉은 색깔의 이전 색깔은 무슨 색일까? 차라리 투명한 흰색이 아닐는지? 만물이 창조되기 전 혼돈의 시간에 있었던 암흑의 검은 색이련가?

붉다 못해 검붉게 비치는 장관은 내 일찍이 경험하지 못한 터이어서 불쌍한 중생이 찾아온 은혜로 베푼 부처님의 자비로운 미소로 가슴에 담고 싶었다.

비록 그 강렬한 빛깔로 해서 가슴과 온 몸이 한 줌의 재로 타서 없어지는 한이 있더라도 조금의 후회 없이 받아들이고 싶은 심정은 지극 정성으로 부처님을 모시지 못한 불쌍한 중생의 자괴심인지 모르리라.

우주 공간에는 수많은 태양계가 있다고 한다.

만물이 성장하는 데 없어서는 안 될 태양열이 이토록 신앙심과 마음의 정화(淨化)에도 크게 작용하는 사실은 한없는 부처님의 자비심의 원천이 아닐는지?

축복받은 아침, 태양의 기를 흠뻑 받고 난 후에 둘러본 사찰 주변에 피어난 각종 꽃들이 그렇게도 아름다울 수가 없었다.

내가 진작에 가슴 아파하며 노래한 목련, 동백, 흐드러지게 핀 벚꽃, 이름 모를 야생화까지도 축복받는 땅에서 힘차게 자라나고 있는 걸 보면 부처님의 한량없는 자비는 그 끝을 모르리라.

시작도 끝도 없다는 말씀을 언제쯤이면 조그만 가닥이라도 이해할 수 있을까? 하는 마음이 들어 그저 관세음보살만 외웠다.

반야암의 해돋이를 영원히 가슴에 안고……

휴휴암을 찾아서

지금부터 한 3년 전 불기 2550년(2006) 여름이었다.

유달리 더위가 극성을 부려 가만히 앉아 있어도 땀이 흘러 지친 몸을 가누기가 어려운 처지인데도 마감이 다가온 『한국불교문학』 편집을 위해 들어온 원고를 정리하느라 짜증스런 시간을 보내고 있었다. 조금은 지루함을 느끼며 무료함이 스며들 때 문득 한 편의 글이 청량한 바람을 일으키며 다가오는 것이 아닌가?

안명희 박사의 〈휴휴암〉이란 수필이다. 해박한 불교 교리에 바탕을 둔 글 내용도 일품이려니와 이제까지 불교에 근접해 오면서도 처음 듣는 사찰명이라 의아함이 앞선다.

일반적으로 사찰의 이름은 절이 위치한 산의 이름을 붙이거나 불경에서 나오는 진리의 심오한 이름을 따서 짓는 것이 이제까지 내가 지녀온 보편적 상식인데 상당히 의외의 이름이라 글의 내용에 "마음도 쉬고 팔만 사천 번 뇌도 쉬어가라는 휴휴암"에, 누구나 잠시 쉬어가고 싶은 곳이라는 말에 언젠가 한 번 찾아가 봐야겠다는 생각으로 편집에 임했다.

안 박사의 이 작품은 그해 불교문인협회의 최고 작가상을 수상한 바 있어 깊이 각인되어 있는 터이지만, 늘상 바쁜 일정이라 까맣게 잊고 있었던 그곳을 금년 여름에 우연한 기회에 찾아보게 되어 참으로 깊은 감회에 젖게 되었다.

절친한 문우 몇 분과 함께 문학의 여정으로 백두대간에 자리잡은 월정사를 우선 찾기로 했다. 아마도 작년 하반기까지 절로 오르는 아스팔트길을 걷어내고 진흙으로 단장하여 누구나 자연 친화적인 사찰 순례의 길을 닦아 놓았다는 신문을 보고 우리의 발길을 그곳으로 돌리는 계기가 되었다.

자연 친화적인 사찰과 주변의 환경에 적응하면서 문학과 인생사를 토론하고 찌든 삶을 반추하는 공적(空寂)을 갖고 시작(詩作)을 하자는 중의에 따라 초여름에 길을 나선 것이다.

길 안내는 동해안 지역에 교직의 연고로 해서 상세히 잘 알고 있는 문우 황선생의 안내를 받아 우리들은 들뜬 기분으로 동해안 일대를 답사하는 기회를 가져 즐겁게 보내며 속초에서 쉬고 다음날 양양을 거쳐 주문진에 가면서 길가의 이정표 표시판에 휴휴암의 안내판을 보고 잊고 있었던 일이 문득 생각이 나서 만사 제쳐 놓고 이곳을 들르기로 했다.

1997년도에 새로이 조성한 사찰이라 바닷가 조그만 터전에 자리잡은 기도 도량쯤으로 생각한 터인데 아니었다.

양양군 현남면 광진리 바닷가, 한 마디로 '이렇게 아름다울 수 있는가' 하는 생각이 먼저 들어 관동팔경을 노래한 송강이 살아있 다면 관동별곡을 새로이 써야 할 것 같은 생각이 든다.

통천의 총석정, 고성의 삼일포, 간성의 청간정, 양양의 낙산사, 강릉의 경포대, 삼척의 죽서루, 울진의 망양정, 평해의 월송정을 속으로 헤아리며 아마도 그때엔 이곳에 아무 흔적이 없어 그냥 지 나쳤는지는 모를 일이라고 생각이 든다.

지금은 틀림없이 관동팔경에 남애항 근처의 광진리 바닷가 휴휴 암을 더하였을 것이라 믿는다.

무엇보다 우리를 감탄케 한 것은 새로이 조성된 사찰의 배열과 규모보다는 물에 잠길 듯 말 듯한 누워 계신 관세음보살상, 남순동 자상 등의 불상과 자연이 조화롭게 만들어 놓은 경관이 더없이 눈 길을 끌었다.

바다로 향하여 자리잡은 사찰 앞 족히 몇 천 명도 설 수 있다는 큰 바위 위에 올라가 바다를 조망하는 멋은 속세에서 찌든 마음을 씻기에는 더없는 곳이기도 하고 방금이라도 동해바다 용궁에서 솟아오른 선녀가 푸른 바다 파도를 타고 사뿐히 걸어 올 것 같아 경건함이 더해진다.

작년 봄부터 어인 연고인지 큰 바위 곁에 수심이 얕고 작은 바위 들이 점점이 박혀 있는 수초 속에 황어(黃魚)를 위시하여 우럭 뽈락 등 몇 종의 고기떼들이 모여들어 그야말로 장관을 이루고 있었다.

친절하게도 사찰에서 플래카드로 이 내용을 계첩하여 관람객이 나 참배객에게 알리고 한편으로는 고기에게 줄 사료도 준비하여 팔고 있었다.

내가 보기에는 다른 고기는 잘 보이지 않고 황(黃)어만이 군무를 이루고 있어 모이를 줄 때마다 물보라를 일으키며 뛰어드는 광경은 어느 양어장보다 더 엄청난 숫자라 '고기 반, 물 반'이란 말은 무색하고 '고기 7, 물 3' 정도로 아무튼 자연 상태에서 이렇게 많은 고기 무리는 처음 본 광경이었다.

아마도 물길이 얕고 천적인 큰 고기가 쉽게 접근하지 못하기 때문이리라. 거기다가 불심 깊은 사찰에서 보호하고 일반 관광객도 이를 보고 해치기보다는 먹이를 사서 던져주니 자연 이곳에 모이는 것이 아닌가 생각된다.

어느 사찰에서 왔는지 애띤 비구니 한 분이 만면에 웃음을 지니고 다가와서 2천원을 주고 사료를 한 봉 사서 고기에게 던지며 즐거워하는 모습은 종교이전의 순수함이 깃든 자비로 나의 가슴에 무거운 교훈을 담아 보리심을 깨우쳐 준다.

주위를 둘러보니 형형색색의 바위들의 자태가 거북이를 닮아 붙여진 것이나 그 배열이 신의 조화답게 참으로 오묘한 정경이 펼쳐지고 있는 것이 아닌가?

나는 이곳의 파도에 깎여진 바위의 모양에서 새로운 것을 발견했다.

대개의 바닷가 바위들은 누천년에 밀쳐온 파도로 해서 씻겨나가 둥글게 파헤쳐져 갖가지 모양을 이루고 있지만 이곳 큰 바위 주변에서 평면을 이루어 하늘로 향한 바위들에는 글자모양의 암각화가 그려져 있지 않은가? 인공적으로 새긴 것처럼 말이다.

같이 온 문우 이 선생에게 조용히 물었다.

"억겁의 세월에 파도가 밀려와 써 놓은 저 글씨는 무엇을 전달하려고 하는지? 분명 암각화이지요?"

엉겁결에 질문을 받은 이 선생은 "오늘 우리가 이곳에 방문할 것을 예견한 글이 아닐까요" 하면서 반문한다. 언제나 사려 깊은 생각과 몸가짐으로 무거운 분이라 차분한 시상이 떠올랐는지 이곳을 토대로 한 편의 시를 써야겠다고 화사한 웃음 지으며 다짐한다.

억겁의 세월동안 흰 포말을 일으키며 쉼 없이 밀려와 바위에 암각한 내용은 오늘에 사는 우리들에게 과연 무엇을 전달하고픈 메시지인가.

언젠가는 이 암각화의 내용을 파악하는 날은 평화가 깃든 별유천지가 도래하지 않을까 하는 기대를 해 본다.

청정한 이곳에 언젠가는 불국정토로 가는 도장이 서서 세파에 찌든 중생을 구원하라는 암묵적인 계시의 글은 아닐는지?

초여름의 더위도 잊고 휴휴암을 찾아온 것이 참으로 잘했다는 기쁜 마음이 앞서 바닷바람을 쐬는 문우들 모두의 얼굴에 웃음이 잔잔히 스며들어 동해 바다가 한없이 정겨워졌다.

뒤로하고 돌아서는 발길에 파도가 들려주는 독경소리에 법열을 담고……

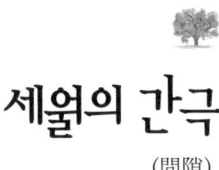

세월의 간극
(間隙)

"장 서방 나 좀 보세."

마침 출근하려고 인사를 드리고 나서는 나에게 시골서 다니러 와서 며칠째 머무르고 계신 장모님이 나직이 부르신다.

방문을 열고 들어서는 나에게 문을 닫으라시며 하시는 말씀이 "나는 자네가 구김살 없이 웃으며 다니기에 잘 몰랐는데 아이들 대학공부시키느라고 많이 곤란한 모양인데 왜 진작 이야기하지 않았나?" 하시며 봉투에 얼마간의 돈을 넣어 주시는 것이 아닌가?

오랜만에 오신 분이시고 평소 남달리 임자의 막내딸을 잘 보살핀다는 이야기를 친척간에 하고 다니는 처지인지라 나로서는 집에 와서 조금도 곤란한 이야기는 한 일이 없는데 어떻게 된 심산인지 알 수가 없는 처지라 돈 봉투를 들고 바라보고 있노라니 계속해서 하시는 말씀이 "이 돈으로 막내애 옷이나 한 벌 사 주게" 하신다.

"왜 이러십니까? 그 애 옷은 많이 있고 또 필요하면 내가 사 줄 수 있으니 걱정 없어도 됩니다" 하고 사양하니, "어제 저녁에 내가 그 애 해진 바지를 집어 주었네. 세상에 요즘 세상에 무릎이 해진 바지를 입고 다니는 대학생이 어디 있는가? 남들이 알면 뭐라고 하겠나?"

참으로 어처구니가 없다. 그 시절 무릎이 해진 청바지가 유행이어서 못마땅해서 한 번은 나무란 적이 있어도 강제로 못 입게 하지는 않았다.

외할머니 오시어 그 옷을 보고 대경실색을 하며 벗으라고 하고 기워 놓으신 것이다. 아이도 할머니의 뜻을 알고 가만히 집도록 내 버려둔 탓에 이런 곡해가 생겨난 것이다.

아침시간이고 또 설명을 하여도 좀체 이해가 될 것 같지 않아서 돈 봉투를 받아들고 나오면서 감사하다고 인사만 했다.

나는 지금 현직에서 물러나 봉사직에 근무하면서 매일 출근하느라 옛날 서비스업에 종사할 때처럼 정장은 아닐지라도 주위에 혐오감을 주는 옷차림은 피하고 간소하게 하고 다니는 편이다.

패션이란 시대의 변천과 함께 변화의 속도가 빨라 옷감과 칼라도 다양해지고 하여 나이든 사람들이 따라 하기에는 많은 무리가 있는 바라 그저 수수하게 입고 다니는 것이 제일이라 생각하고 지나는데 간혹 가족들로부터 촌스럽다는 이야기를 듣는 경우가 있어도 태생이 촌사람이니 어쩔 수 없다고 하지만 지난 세월에 같이 종사한 친구들로부터 나이 들수록 단정하게, 그리고 고급스럽게 입어야 한다고 충고도 간혹 듣고 있다.

인류가 언제부터 의복을 입고 살아온지는 기록이 없어 자세히는 몰라도 아마 추위를 피하기 위해서 짐승의 가죽으로 몸을 둘러 지내다가 국부를 가리는 것으로부터 차츰 발달되어 오늘날 와서는 의·식·주라는 삼대 기본에 있어 아마 처음으로 의복이 자리한 것이 아닌가 한다.

어릴 적 어른들에게 들은 이야기로 "입은 거지는 얻어 먹어도 벗은 거지는 못 얻어 먹는다"는 이야기가 무엇을 말하는지 대충은 알 것 같다.

그때 생각에는 벗은 거지가 더 불쌍하니 동정도 더 할 것 같은데 그렇지 않은 걸 보면 아무리 얻어 먹는 거지일지라도 기본적인 사람의 가릴 것은 가려야만 혐오감을 주지 않고 동정심을 살 수 있는가 보다.

현대에 와서 패션 산업이 차지하는 비중은 대단히 커서 국부를 이루고 있는 이탈리아의 의상업계는 말할 것도 없고 패션모델이 되기 위하여 몸을 상하게 하면서 몸매를 가꾸는 세계적인 모델들의 모습에서 과연 저렇게까지 하면서 의상을 맞춰 입어야 하는가 하는 의구심이 든다.

불교에 몸담아 평생을 수도한 큰 스님들의 행상을 보면 기운 가사 장삼에 바랑 하나 메고 유수행각으로 어디에도 거리낌없이 다니는 고승들의 모습이 참으로 귀함을 알겠다.

지금도 간혹 젊은이들이 일부러 해진 청바지를 입고 다니는 것을 볼 수 있다. 간혹 연예인이라는 대중의 인기에 영합하는 자들도 입는 걸 보면 나의 생각이 진부해도 한참 진부한가 보다. 하기야 우리들 선조들의 사람 됨됨이의 평가에서 "신·언·서·판"이라 한 것을 보면 옷차림을 별로 중요시하지 않고 그저 깨끗하게만 차려 입고 다니면 그것으로 족한 것이 큰 덕목으로 여기지 않았나 생각이 든다.

우리 인생이 마지막 갈 때 입는 수의는 자손의 정성이 들면 그만이지 값비싼 것으로 마련하기 위해 애쓰는 것을 보면 과연 그렇게까지 해야만 극락으로 가는 걸까? 그 생각들이 두렵다.

명절이 오면 새 옷은 아닐지라도 깨끗하게 그리고 단정하게 입혀 주시던 어머님의 자애로운 손길이 그립다.

『한국불교문학』 (제21집) 편집을 마치고

불타의 자비를 문학의 틀 속에 담아보려고 고고한 기치를 높이 들고 힘써 온 지 벌써 강산도 두 번 변하는 세월이 지나 제21집의 출판에 이르렀다.

불교가 갖는 사회적 철학적 용례(用例)들을 너그럽게 아우르며 명징(明澄)한 문학의 필체로 작품을 발표하되 불교 고유의 정체성에만 우선되는 장(場)이 아니라 다원주의와 각 문단간의 시너지가 찬양받는 문학의 장이 되었으면 하는 소박한 꿈을 가꾸며 지나온 세월이었다.

이젠 대학 도서관은 물론 전국 각처에서 『한국불교문학』을 요구하는 전화를 받을 적엔 보상받는다는 뿌듯한 감회로 해서 숨겨진 자부심의 속내를 한 꺼풀 벗어본다.

그간 쉼 없이 투고해 주신 회원님들의 옥고를 다듬으며 고마운 마음을 키워 온 결과이기에 더더욱 보람 있는 시간이었고, 지난 중추(9/27)에 조계사에서 가졌던 제20회 한국불교 세미나는 뜻 있는 행사라고 자부하며 이때 주제를 발표하신 권기호, 김주곤 두 분 박사님과 변규벽 작곡가님의 글과 함께 선진규 법사님의 불교삼대 선언, 승가대학원 원장 지안 스님의 대승기신론의 요약을 실어 무게를 더했다.

특히나 우리 문단이 걸어온 지난 역사를 체계 있게 정리하여 집필 내역과 회원 고유번호를 부여하여 불교문학 운동의 이론적인 전거(典據)를 일목요연하게 제시하신 철우 김두희 회장의 노력은 고마운 업으로 기록하는 바이다.

『한국불교문학』(제9집) 편집을 마치고

불교문학은 고원한 진리를 추구하고 인생과 존재를 이해하기 위하여 끝없는 철학적 토론과 깊은 명상을 통하여 글을 쓰면서 붓다의 가르침에 접근하려고 노력하는 자들로 이 시대를 아프게 살아가며 매명이나 이기에 집착하지 않고 참다운 문학의 원류에 충실하게 노력한다고 자부한다.

창립 20주년을 맞는 우리 한국불교문인협회 문인의 알뜰한 정성을 담아 펼치기에는 능력과 지면 사정으로 앞선 의욕에 비해 초라한 결과가 아닌가 하여 마냥 두렵다.

이러한 과정에서 항상 부족한 부분은 영속할 우리 문단에서 노력하는 분들의 몫이라고 위안하며 편집에 임했다.

특히 이번 특집에는 사회 저변에서 조용히 진리에 침잠(沈潛)하고 계신 지안 스님과 몇 분 석학의 글을 모셨다.

불교문학은 시공을 초월하여 시간을 담는 도구로써 삶을 투시하
는 미덕이 중요하다는 명제 아래 계속 정진하여 한국 문단에서 독
보적 존재로 정립할 때까지 노력하겠다는 다짐을 이 지면에 정화
수로 올린다.

『한국불교문학』 (제18집) 편집을 마치고

우리 한국불교문인협회가 태동된 지 어언 20년 성상, 부처님의 참 마음을 증득(證得)하여 감성의 원형을 표현하며 문학의 지평을 넓히는 데 공헌하면서 지나온 세월 동안 이젠 스스로 제어할 줄 아는, 그리하여 조신(操身)하게 저변을 확대해 온 것이 사실이다.

불교가 지닌 폭 넓은 아량과 다양성을 우리 불교문인들이 꽃피워야 할 시점이라 무엇보다 불교문학의 정곡(正鵠)으로 자리잡은 『한국불교문학』은 지나온 세월 속에 종법(宗法)적이 아닌 문학 활동으로서 사명감을 갖고 지속적으로 나아가야 할 것이다.

책이 없으면 신도 침묵한다는 말이 있듯이 이 지면을 통하여 사유의 공간이 펼쳐지는 새로운 지평을 연다는 자부심으로 회원님들의 옥고에 따스한 손길로 편집에 임했다. 초추의 가을 산이 좋은 영취산록, 통도사에서 가진 심포지엄의 향기를 담고…….

『한국불교문학』(제17집) 편집을 마치고

　갈수록 각박한 세정에 우리들이 지닌 조그만 불심마저도 세속에 묻혀 빛을 잃어 가고 있지 않은가 생각하면 두려움을 느낍니다.

　많은 시간 글 모음에 마음 쓰며 기다린 것은 오늘의 현실이 메커니즘에 순치(馴致)되어 버린 현대인의 심성이 위기로까지 번져 작가의 입지마저 잠식한 관계로 좋은 글 모으기가 몹시 어려웠으나 양의 과다보다 질의 우위가 앞서야겠기에 보내주신 옥고는 소중하게 여기며 다루었습니다.

　특히 지난 노염이 가신 초추에 천하절경에 자리잡은 유서 깊은 도량 청량사에서 가진 심포지엄과 이에 따른 특집을 꾸며 보았습니다.

　지현(智玄) 주지스님이 내놓은 다향이 우리들 가슴에 남아 이 특집에 잔잔히 스며든 것 같아 불심의 오묘하고 현란한 스펙트럼이 참으로 깊어 숙연해집니다.

　한국문인협회 신세훈 이사장의 시와 원로 수필가 공덕룡 선생님
의 글을 신게 되어 반가움으로 감사드리며 또한 옥고를 보내주신
회원님께 가피 있으시길 잊지 않겠습니다.

헌사

영원한 그리움의 사백께

현실로 이루지 못한 꿈!

남쪽 고도 앞에 시간은 참으로 걷잡을 수 없이 빠릅니다.

이토록 걷잡을 수 없는 세월 앞에 사백을 향한 그리움은 더욱 사무칩니다. 사백과의 만남은 제게 멀게만 느껴지던 침묵의 꿈에 불을 지폈습니다.

제게 유년부터 동화전설로 피어오르던 막연하고 먼 그리움의 실체를 사백께선 오늘 속에 보여주셨고, 그로 우린 마치 천년 전생지기처럼 꿈에 부풀었습니다. 그 꿈이 왜 오늘 우리에게 그토록 절박한 침묵의 언어였던가를 우린 자신 속에서 확인하고 비로소 함께 나섰습니다.

그런 날에 고교시절 1960년 벽두 봄부터 터진 혁명의 계절이 제게 다시 파도쳤습니다.

목련꽃 그늘 아래서 베르테르의 편지를 읽고 답장을 쓸 틈도 없이 분노의 노도가 되어 교정을 빠져 나가 거리와 광장에서 하나둘 쓰러졌습니다. 그리고 꿈을 이루었다 싶을 때 다시 터진 혁명, 그 바람은 더욱 잔인했습니다.

릴케가 외친 "오 순수한 모순이여! 열락이여!" 그 장미의 계절을 비로소 보았습니다.

엘리엇의 〈황무지〉 '죽은 자의 매장' 첫 구절, "사월은 가장 잔인한 달/ 죽은 땅에서 라일락을 키워내고/ 추억과 욕정을 뒤섞어/ 잠든 뿌리를 봄비로 깨운다./ 겨울은 오히려 따뜻했다./ 잘 잊게 해주는 눈으로 대지를 덮고/ 마른 구근(球根)으로 약간의 목숨을 대어주었다."

그 잔인한 사월(死月)의 황무지를 절감하는 계절이었습니다. 제고도(孤島)는 아무리 기다려도 베게트의 고도처럼 오지 않았습니다. 꿈이라고 하는 실존은 카프카의 〈심판〉처럼 왜 자신이 법의 문 앞에 서야 하고 심판관이 누구인지도 모르는 그런 사로잡힌 죽음의 숙명인가만이 너무 분명한 계절이었습니다.

그러한 혁명(?)의 나팔소리와 함께 나팔수로 나선 "흙 속에 저 바람 속에" 그 바람은 마치 제가 6세 때 바닷가왕국을 텅 빈터로 휩쓸어 버린 겨레피아골 폭풍해일처럼 우리 사회를 온통 휩쓸어 버렸습니다.

그게 바로 현대지성이요 선진 문학실존이었습니다. 그들의 나팔소리에 배우지 못한 시골 섬 끝자리 젊은 꿈들까지 일제히 서울로 서울로 밤기차를 탔습니다.

서울은 눈부신 황금 탑 성채가 되었습니다. 그리고 세계사에서 찾을 수 없는 불과 30여 년의 짧은 세월에 우리 사회는 살찐 돼지 새끼가 되어, 자신의 얼굴과 침묵의 언어를 모두 상실해 버렸습니다. 언어가 바뀌었으니 어찌 가슴과 마음의 정리(情理)인들 다르겠습니까.

문학이란 실존조차 바로 그런 자리였습니다. 화려한 구미언어 가면들이 황제의 궁전에서 춤추는 가장무도회의 계절만 날로 악순환을 거듭하고 있는 현실 앞에 사백과 저는 분노를 넘어 몸서리 쳤습니다.

그러나 무력한 제 앞에 활화산으로 타오르는 사백의 불길은 그 말고삐와 채찍을 멈추지 아니하셨습니다. 짓밟혀 으스러진 겨레 "은장도 푸른 날"의 백합보다 고운 주름진 가슴의 우리 겨레 어머니 침묵들을 앞장서 일으켜 세우셨습니다.

그리고 좀 더 나아가 우리 사회의 언어들이 모두 뒤틀리고 번지를 알 수 없는 언어들로 뒤바뀌어 버린 날에 우리들의 저 가슴 깊이 잠든 침묵의 언어들을 역사현실의 등경 위에 올려놓고자 하는 꿈길에 혼신을 쏟았습니다. 미약한 저를 붙잡고 말입니다.

그게 바로 『불교수필문학』이었지요. 엄밀히 말해 그것은 '불교' 라기보다는 '겨레 가슴의 침묵언어'였습니다. 허상들이 춤추는 세상에서 겨레 자신의 진정한 숨결 자아를 다시 세우자는 길이었습니다.

그러나 현실의 벽은 여전히 높았습니다. 역시 신자유 자본주의 대중소비문화 시장터라는 벽이었습니다.

매년 열정을 쏟아 부어 수필집을 펴낸다고 해야 500만원이면 족할 까짓 돈을 사백과 저는 왜 그동안 벌지 못했을까요? 그 입을 존경하는 글벗님들께 스스로 거두어들이며 입을 다물 때 우리는 자신이 더욱 부끄럽고 초라해서 견딜 수가 없었습니다.

그로부터 저는 가족들의 삶에 매인 속에서 그 돈을 생각하고 꿈꾸며 오늘을 침묵으로 조용히 끝자리 섬에서 땀 흘리고 있습니다.

사백과 저는 하나의 사실을 너무 잘 알고 있습니다. 하나의 목탁소리도 아름답고 고귀하나 세 개, 열 개의 목탁이 다르다는 것을 말입니다.

목탁이 비록 무소유이나 그런 만큼 오히려 이 오늘 앞에 과연 더 큰 하나의 '우리'가 될 수 없을까요?

언어가 꼬이고 뒤바뀌어 버린 역사현실과 아무것도 가지고 갈 것 없는 산길 꿈 앞에 저 자신이 너무 초라하고 부끄럽습니다. 사백의 치열한 꿈의 현실 앞에 마치 그 배후로 도피 은둔하여 침묵하고 있는 것만 같은 자신이 말입니다.

그러나 단 한 순간도 사백과 그 꿈과 불타는 열정을 잊은 적이 없습니다.

이제는 나설 땡볕 들녘도 없어 겨울 한파의 바다에 뛰어들어 그 바다밭에 땀 흘려 봐야 그도 매년 파농만을 거듭하며 벼랑 끝에 선 끝자리 섬 주름진 침묵들 속에서 노을빛 더 곱게 불타는 바다 저쪽 침묵의 섬 그 산 빛만을 바라보는 날들에 말입니다.

그러나 저 바다로 훌쩍 떠나기 전 언젠가는 달려갈 것입니다. 어떤 속에서도 사백의 꿈과 열정은 변함없다는 것을 너무 잘 알고 있기 때문입니다.

　용서하소서.

　조금만 더 기다려 주십시오.

　사백께서 깨쳐 주신 그 흙바람 땡볕 시장터 들녘의 들밭소 산빛 사랑을 어찌 잊겠습니까.

2009. 1. 29

남쪽 끝자리 섬 별빛 파도치는 창가에서
갯바람 꿈 **조영남** 올림

발문

지족상락 은사

(知足常樂 隱師)

　나는 정산(鼎山) 장봉호 수필가를 불교문학이라는 인연으로 처음 만나 10여년 이상의 지기(知己)가 되었습니다. 더구나 한국불교문인협회의 전임 회장 일묵(一黙) 림영창(林泳暢) 선생의 타계로 부득이 그 뒤를 이은 후 8년 동안 더욱 가까이서 함께 일을 해왔습니다. 그러나 그 불교문인협회에 대한 자신감을 갖지 못하고 안절부절할 때 힘을 불어넣어 준 분이 있었습니다.

　그가 곧 당시의 기획위원장 정산이었습니다. 그는 그 이후의 길잡이가 되어주었습니다. 그리고 자신이 관여하는 장학회의 건물에 본 협회 사무실을 무상으로 내주었습니다. 폭풍의 은덕 같은 고빗길에서도 정산의 마음은 한결 같았습니다.

　그런데 어느 날 작품집 출간이 임박하였다고 느닷없이 인사말을

해달라고 했습니다. 좀 어리둥절했습니다. 알고 보니 그럴 일도 아
니었습니다. 이미 고희를 바라본다고 하면서도 첫 문집 출간이라
고 했습니다. 국문학 전공자로서 늦은감이 있었지만 그만한 이유
가 있었음을 정산의 작품을 통해서 충분히 알 수 있었습니다. '재
주가 조금 있다고 너무 나서는 것은 좋지 않다' 라는 생각 때문이
라 짐작했습니다.

그러나 정산은 작품을 통한 '지족지족상락(知足知足常樂)', '마경
대일화(馬鏡臺逸話)' 라는 말에서 이해하고 감탄할 뿐이었습니다.
뿐이 아니라 또 막지동서(莫知東西)에 '길 따라 가세요' 라는 10여
세 소년의 가르침으로 우주의 별들의 신비한 궤도를 깨닫고 주변
의 모든 것을 나의 스승으로 인식하고 안도(安堵)의 길을 찾는 실천
을 행하고 있음을 알게 되었습니다.

불가와 백목련의 인연을 읊은 정산의 〈목련송(木蓮頌)〉은 그가
사려 깊은 수필가이기 이전에 이미 깊이 잠재한 시정(詩情)이 있었
음을 알려주는 훌륭한 우바새(優婆塞)였음을 알려 주었습니다. 늦
었다는 생각은 매우 부끄러운 일이었습니다.

그리고 정산의 수필 중 특히 〈간첩 오인〉, 〈고모님 우리 고모님〉,
〈내 고향 지명에 대한 소고〉, 〈불시착〉, 〈어리석은 일, 그래도〉,
〈은어(隱語)〉, 〈입지 못할 내복〉, 한 편 한 편이 감동적이고 유머와
위트가 있는 너무나 순수하고 솔직한 어휘 구사로 때로는 웃음도
자아내는 흥미로움에 눈을 뗄 수가 없었습니다.

이러한 정산의 수필에 그의 성장과정이 잘 나타나고 또 오늘의

강한 의지력과 세심한 통찰력을 가진 인물로 성장했음을 감히 짐작할 수 있었습니다. 아무데나 덤벼서는 안 된다는 선친(先親)의 교훈에 진정한 공감을 접지 못합니다.

물론 평소의 인(忍)·내(耐)·대(待)로 쌓아온 덕이 바로 일생의 금강(金剛)이 된 것이라 생각됩니다. 그러나 이제 숨겨놓았던 검은 진주알을 세상에 노출시키는 것처럼 많은 탐진치(貪瞋癡)를 버릴 수 있는 관심자로부터 환영을 받을 것이라 믿어집니다.

그리고 어떻게 지어졌는지는 모르나 비로소 정산이라는 아호의 의미도 알 수 있을 것 같았습니다. 세 발로 바치고 있는 솥은 넘어지지 않거든요. 그의 언행과 걸맞는 아호였습니다.

다만 '한 송이 국화꽃을 피우기 위해 소쩍새는 그렇게 울었나 보다' 로 시작되는 미당 서정주의 시가 생각납니다.

진심으로 축하드립니다.

2553(2009년 1월 1일)

한국불교문인협회장 鐵牛 **金斗熙** 合掌

길 따라 가세요

•

지은이 / 장봉호
발행인 / 김재엽
펴낸곳 / **한누리미디어**
디자인 / 지선숙

•

121-840, 서울시 마포구 서교동 395-13 서원빌딩 2층
전화 / (02)379-4514, 379-4519
Fax / (02)379-4516
E-mail/hannury2003@hanmail.net

•

신고번호 / 제300-2006-61호
등록일 / 1993. 11. 4

•

초판발행일 / 2009년 12월 30일

•

ⓒ 2009 장봉호 Printed in KOREA

값 10,000원

ISBN 978-89-7969-360-7   03810